凝微 著

薔薇鄰人

ROSE NEIGHBOR

推薦序

文／人氣作家　馬蘇蘇

認識凝微一段時間了，對於這個人第一個感覺是氣質，可能是看著她的文字而有了這樣深刻的印象（至於現在的印象我們就先不說了哈哈哈哈哈），那時閱讀了她的個人誌，覺得她的字裡行間有一種溫柔與透明的感覺。

直到後來看了《薔薇鄰人》才發現不只這樣——她的文筆和她本人一樣，最溫柔的愛裡，有一股天真爛漫的氣息。

看著薔薇大哥與花雪築的故事，讓我發現了很久沒見的少女心，其實我是一個不容易對著劇情發花癡的女生，還很常吐槽，但《薔薇》抓住了我一顆很久沒波動的小心臟（咦），注意力都被帥氣的大哥和可愛的雪築吸走了，壓根沒時間來暗暗吐槽，真是失算。（開玩笑的）

男女主角在我的腦海裡一直很鮮明，幾次反覆的閱讀下來，他們令人時而揪心時而捧臉傻笑的互動情節，存在感勝過不少純愛小說，年齡稍稍有點差距的情侶是最符合我私心胃口的，除了這點之外當然還有節奏恰好的劇情，讀來輕鬆，但簡單活潑的文字也足夠讓人陷入大哥的溫柔深情攻勢裡……嗯？（偏題）

凝微距離上一本書的出版已經過了很久，我知道她擁有現在的機會不只是幸運，也等夠久了，我想，如果這樣的文字不被看見，那大概是因為很多人都得了少女心缺乏症候群看不出薔薇的好，哈哈……嗯開玩笑的，我只是想說，如果你在尋找一個帶有溫和香氣又甜度恰好的愛情故事，雪築和司宸會在你的心中停留很久、很久。

沒有絢麗的鋪張，但有浪漫的感情，我很喜歡這朵薔薇，在此獻給你們。

推薦序

文／暢銷作家　貓邏

其實我是完全不看純愛情小說的人，平常只看奇幻、玄幻，和一些雖然以愛情為主調，但是大多附加了金手指和外掛的小說。

所以凝微邀請我寫推薦序時，我很訝異。

畫風完全不對啊！少女！

讓一個輕小說作者替網路愛情小說寫推薦，妳確定這樣真的可以嗎？

凝微說可以。

於是我就抱持著嘗試的心態，看了她的作品。

看了幾個章節，我發現我不能接受這樣的女主角！

我以前看的那些小說，女主角都是很明確的認準了男主角，然後兩人一心一意、天長地久……

也因為這本書跟我想像中的完全不同，我甚至中途想要放棄，後來跟凝微聊過後，才知道，非言情類的網路小說有很多都是這種「現實」、「不完美」的愛情模式，而我平常看的小說都是屬於理想化的愛情故事，水土不服也是很正常。

這兩者就像是從天真無邪的兒童童話故事，變成大人版黑暗血腥童話的差距吧！

抱持著「接受現實洗禮」的想法，我又繼續往下看了。

學長太溫柔了，真讓人心疼。（所以我是配角控？）

一邊看、一邊想著「貼近現實」這一點，我發現，原來還真的能在現實生活中找到很多角色的原型，也能夠在生活周遭發現類似的情況——

想被愛卻又無法認清什麼才是自己想要的；

想愛人卻用錯了方式，自以為這樣對彼此都好，卻是在折磨彼此；

面對愛情心生膽怯，不敢勇敢去愛；

想捨棄又捨不下，反反覆覆，造成更多的困擾和迷惘……

看著男、女主角在互相糾結和折磨中變得堅強、堅定和勇敢，並且得到他們的幸福，心情也變得愉快起來。

果然，被虐過以後，就算只有一點點的甜，也是小確幸啊！

目次
CONTENTS

章一 不勇敢

薔薇大哥：

你說，我要勇敢地放棄逞強，所以我才想不勇敢地去依賴一個人。

這樣的不勇敢，會不會也是一種幸福呢？

01

「我們還是分開吧。」他說。

我安靜地瞅著眼前的男人，他注視我的目光飽含痛苦，告訴我，他還愛著。明明深愛，卻不再繼續。

「……為什麼要分開？」

「跟妳在一起，我很快樂。我心情不好的時候，妳會唱歌給我聽，我想去哪，妳就陪我去哪。甚至，妳還煮了一桌讓我朋友都驚嘆的滿漢全席。我喜歡這樣的妳，這麼完美的妳，為我做了這麼多的妳，可是……」

他目光在那一刻停止流轉。

「可是，妳從來都不需要我這個人。我需要妳，但妳不需要我。」

思索幾秒，我抬眼，彎起不留痕跡的微笑：「嗯，那就照你的意思吧！」

沒給他反應的時間，我轉身，背對他離去。

「……妳對感情果然很乾脆。」在走下階梯之前，我聽見他瀕臨崩潰。

「這不是稱讚啊！傻瓜。」我勾起嘴角，卻沒有笑意。

回到教室，朋友一看見我回來，便全部湊了過來：

「雪築！情況怎麼樣？」

「分手了。」

「果然分手了啊！我之前就覺得那男的很囉嗦，老愛纏著妳。」

「阿飛，他是雪築的男朋友，不纏她纏誰啊？」小紫笑著推了阿飛一把。

阿飛轉頭望著我，笑說：「反正妳這麼正，又這麼受歡迎，一定很快就有男人追，不用擔心。」

「別捧我了，你還是想辦法脫離單身吧！」我笑他。

最後一堂課結束後，我騎車回外宿的房子。後來下起雨了，我抬頭，彷彿也感覺到誰的眼淚輕輕鑽過心頭。

其他人都急忙將雨衣穿上，但我沒有。

站在門前，我從半濕的口袋掏出鑰匙圈，卻發現大門的鑰匙不見了。原來鑰匙圈已經壞了，有幾把鑰匙從斷開的金屬環掉落，遺失在回來的路上。

是他送的，情人鑰匙圈。

我木然地呆立。

「轟隆——」

突然一道驚雷，劃破我身後的天空。雨勢變大了，蠻橫的雨滴打在我的背上，傳來一陣冰透的冷意。

「好痛。」我伸手擋住被雨水攻擊的後頸。

好痛。

我忍地睜大雙眼。

彷彿有什麼比雨勢更猛烈的事物，在這一刻侵蝕了我。我哭著，顫抖著，強忍的悲傷讓我無法呼吸。

「嗚……」

失去了你，我好痛。

「每一次，都是這樣……」

我喃喃自語，任憑淚水自指間的縫隙流下。

「每一個人，都說這種話……」

付出了這麼多，一句「妳不需要我」就把我整個人給打碎。

悲傷的重量化作雨水，從陽台落進地板上。我坐在那片小小的汪洋，感覺自己也溺了水。雨滴聚成一道細流，慢慢從我的眼前滑過，往隔壁間的大門流去。

然後，靜止。

門輕輕地開了——

我抬起朦朧的雙眼，朝像是一線曙光的門縫看去。

「妳……」開門的人輕輕出了聲。

我看著那抹高瘦的身影，沒有回話。

那個男人走了過來，在我旁邊蹲下身。我抬眼，在望進他深沉雙眸的那一瞬間——

聞到了濃郁的薔薇香味。

02

對這個人的第一印象，我想應該是……

「先進來躲雨吧。」

他側著身看我。微亂黑髮襯托了他俐落的五官，一雙黑眸在濕潤的空氣中顯得朦朧，卻不減那奪人心神的目光。

「好……」好性感。

我瘋了吧？

走進他家，我聞到一陣清淡的香水味。我把濕透的娃娃鞋放在鞋櫃，小心翼翼地走過玄關，沒幾步就停了下來。

「我拿浴巾給妳。」身後的男人低聲說。

我回頭，望進他看不透心思的瞳裡，「……好，謝謝。」

接過浴巾的時候，我注意到他的手，就像琴師一樣漂亮。

這個人……會不會是藝術家啊？

我將頭髮稍微擦乾，跟隨他的腳步到客廳。他叫我隨便找地方坐，還為我泡了一杯熱奶茶。

環顧四周，牆角的四層櫃擺滿了各種彩妝用品，還有為數不少的香水瓶。正當我懷疑為什麼男人要用這些東西時，他已經將奶茶放在我的桌前，並對我輕輕微笑。

「妳喜歡哪些？」

什、什麼？我的腦子一片空白。

「喜歡的話，可以挑幾瓶回去。」說完，他拿起一本書，坐在沙發上開始閱讀。

等一下，他不打算理我嗎？

一時找不到話題，我只好打量他。這男人看起來二十出頭，舉手投足散發一種優雅的氣息。略顯凌亂的短髮彷彿比夜還黑，在燈光下反射出柔順的光澤。

在我看得出神的同時，他抬起眼，將目光聚焦在我的眼底。

「不喝嗎？」

「什麼？」

「奶茶。」

我愣了一下，奶茶還冒著幾縷白煙。我連忙淺嚐一口，「謝謝，很好喝。」

「心情不好的時候，我會喝奶茶，這樣通常會讓我平靜下來。」烏黑的眼珠轉向我，

「那麼，現在妳平靜點了嗎？」

「好很多了。」

「但痛苦還在，是嗎？」他凝視我。

我為他特別的說話方式感到困惑，但也不自覺被吸引，想和他聊更多。

「我……」我猶豫，不曉得該不該對一個初次見面的人說。

「發生什麼事了？讓妳坐在那裡淋雨。」

他低沉的聲線彷彿是種引信。

「我……我被甩了。」

握緊放在腿上的拳頭，我深深蹙眉。在那一小片汪洋溺水的感覺又回來了，明明只是浸濕我的腿，我卻覺得整個人都被它淹沒。

被一句「妳不需要我」淹沒。

「妳看起來不像。」

沒有得到預料中的反應，我抬頭看他，「什麼不像？」

「不像是會被甩的人。」

「這是什麼意思？」

他迷濛的雙眸瞇了起來，那樣自然地牽動一抹笑：

「稱讚的意思。」

我呆了一下，被悲傷侵蝕得一片死寂的心房又再度運作。

似乎覺得我的反應很有趣，他笑了起來，「喏，這給妳。」

「什麼？」有一瓶香水在他手裡。

「送妳的。」

「薔薇香水嗎？」

見我提起薔薇香水，他頗感意外。

「我、我只是聞到你身上的味道！」慘了，這樣說更奇怪，他會覺得我很變態嗎？

「妳猜錯了，這是薰衣草香水。」

還好他沒意識到我聞了他。

「為什麼送我這個？」

「讓妳可以安心入眠。」他說：「失去很痛，連在夢裡都不能忘記更痛。好好睡一覺吧！妳會更好的。」

沒有解釋「更好」是什麼意思，他指向身後的房間。

「等雨停，我會叫鎖匠幫妳開門，在那之前妳先休息一下吧！」

「但是……」

「放心，我在這裡看書，不會過去吵妳。」他以為我是在顧慮這個。

我搖頭，深怕他誤會。「我只是想知道你的名字。我住在這裡一陣子了，都沒有看過你。」

「那是因為我早出晚歸。」他輕聲說：「韋司宸，妳呢？」

「花雪築。」

「花？好特別的姓氏。」

「那有什麼好？我被說像花蝴蝶。」

「有什麼不好？」韋司宸的音調帶著笑意，「蝴蝶很美，勇敢的花蝴蝶更美。」

我望著他愈來愈深的笑容，慢慢地覺得自己……

「所以妳要勇敢。」

彷彿掉進了一片薔薇花海。

03

醒來的時候，我思緒一片空白。我坐起身，慢慢想起自己身在何處。

韋司宸呢？

隨手將微亂的髮梳整，我走出房間，沒看見任何人。朝桌上一看，發現一支鑰匙和淺紫色的便利貼。

『花蝴蝶：這是妳家的鑰匙，我幫妳找鎖匠打了一副新的。香水記得帶走，我出門了。』

花蝴蝶？沒想到他還真的那麼叫我。

我拿走香水和鑰匙，在經過玄關時思索幾秒。然後，我又走回客廳，在那張便利貼的下方寫了幾個字：

『謝謝你，薔薇大哥。』

應該可以這麼叫他吧？

出了他家，我發現天空居然是亮的！

我看一下手機，上面顯示的時間已經接近中午，嚇得我忍不住大叫：「什麼？竟然睡到隔天！」

難道韋司宸昨天是睡在客廳嗎？天啊！我這隻豬！

早上的課是注定蹺了，唉，回去洗澡準備下午的課吧。

我懶得張羅食物，直接到了學生餐廳。不妙的是，喉嚨好像有點癢。啊，不會是感冒了吧？

「雪築！」身後有人叫我。

我回頭，看見涂靖祐開朗的笑臉。他是流音社的社長，上學期參加社團的時候認識的，比我大一屆。

「嗨，你也來吃飯嗎？」他旁邊有幾個人，看樣子是一起來的。

「已經吃完了，怎麼一個人？」

「我睡過頭蹺了三節課，剛剛才來學校。」我笑了一下，「你等一下要去上課嗎？」

「對啊！還有兩節通識。」

「那你要不要先去？朋友在等你。」

「不了。」他笑，轉頭對他們說：「你們先去教室，我跟學妹聊一下。」

他們聽了，開玩笑損他：「有正妹就忘了兄弟。」

「別鬧啦！等一下見。」他笑著打發那群人。

等他們離開，涂靖祐在我對面坐下，好奇地問：「昨天怎麼沒來社團？」

我停下手中的筷子，笑容變得僵硬。

「怎麼了嗎？」他也察覺不對勁。

「……我跟他分手了，不去是因為不想看見他。」

是的，我的前男友也在流音社。

涂靖祐很驚訝。他思索一會兒，才說：「妳還是可以來啊！」

「會很尷尬。」

「不，他昨天退社了。」

「咦？」我沒想到會這樣。

「他來退社的時候什麼都沒講，精神看起來不太好。我在猜是不是出了什麼事，現在知道答案了。」

「沒說什麼就好。」我的語氣很平靜。

但他發現了蹊蹺，伸手摸我的頭，「我知道妳愛逞強。」

「嘿嘿！是你想太多。」

涂靖祐的笑容就像一陣風。溫篤細膩，彷彿只要勇敢地乘上這陣風，就哪裡都能去了。

但我不勇敢，只能在中途離開風給予的溫柔，降落到……

降落到，薔薇花海。

我想起了韋司宸。

回到宿舍，我在鞋櫃發現一串新的鑰匙圈。上頭的鮮紅花紋相當別緻，是一隻蝴蝶的圖樣。我拿起旁邊的紫色便利貼，看見兩行俊秀的字跡。

『花蝴蝶，別再弄丟鑰匙了。下次被關在外面，薔薇大哥可不保證能又剛好撿到妳。鑰匙可以再打，但姓花的蝴蝶只有一隻啊！』

我笑了，為他細膩的洞察力及貼心。

但是他……

我靜靜地望著那扇沒有動靜的門。想將訊息傳達進去，卻又被阻擋在外。

能不能，別用文字將這份溫柔隔絕？

04

後來幾天，我生了一場不小的病。我的體質本來就虛，那天淋雨之後就感冒了，還斷斷續續發過幾次燒。知道我生病的事，爸媽也遠從家裡開車上來看我，不只照顧我，也替我準備了一桌好菜。

「還是最習慣吃爸媽煮的菜。」我滿足地說。

我爸是高級餐廳的廚師，我媽開了一家小型餐館，兩個人都很會做菜。就這一點來說，我也算有遺傳到他們吧！

爸爸笑著說：「雪築不也很賢慧嗎？上次不是做給男朋友吃？」

我一聽，才想起自己還沒有跟爸媽講分手的事。

「說到他，那孩子應該有來關心妳吧？」媽媽也跟著提到他。

「其實……」雖然不想再提，但還是要讓他們知道。「我們前陣子分手了。」

「咦？」媽媽有點驚訝，「是嗎？你們交往了四、五個月，比以前都來得長，我以為會很順利的。」

唉，身邊的朋友談戀愛幾乎都能維持一年以上，怎麼在我的人生裡，四、五個月就算很了不起？

「沒關係，女孩子還是多看看吧！不用這麼早就定下來。」

「對啊！一定有更好的男人在未來等妳。」媽媽也贊同。

連爸媽都說這種話，真不意外。每次分手都告訴我一定會找到更好的，但我才不要，我只求對方別再用同樣的理由離開我，這樣就好。

吃完午餐，爸媽開車回家了。我一個人待在宿舍，電腦用得膩了，索性躺在床上休息。不一會兒，宿舍的門鈴響了。

我覺得奇怪。在開門之前，我突然想到了一個人。

會不會是……

「雪築！我們來找妳了！」門一開，四位好友全部衝進來。小紫、阿飛、曉楓，還有涂靖祐。

涂靖祐也來了。

不是韋司宸。

「你們怎麼來了？」

「我跟小紫約好來看妳，阿飛跟學長說也想來。」曉楓望著我，「妳好點了嗎？兩、三天沒來上課了。」

「好很多了，別擔心，我每次感冒都這樣啦！」

我正準備關門，卻聽到門外傳來開鎖聲響。

我看見韋司宸從家中走出來，透過敞開的門發現了我們。

「嗨。」我試著輕鬆，卻發現自己莫名緊張。

「妳朋友來玩？」他也笑，是一派從容。

「是來探病！雪築感冒了，好幾天沒去上課。」

怪他多嘴，我輕輕打了阿飛一下。不想讓韋司宸知道，是因為不希望他覺得我是個麻煩的女生。毛病一堆，他應該是這麼看我的吧？

韋司宸沒有多說什麼，「好好養病吧，我出門了。」

他離開得太快，我還來不及和他說什麼。

「雪築，妳怎麼有這麼帥的鄰居？」小紫興奮地問我。

「我也是前幾天才發現啊！」

「是嗎？或許妳可以跟他來一場轟轟烈烈的戀愛，你們超登對的！」

「別鬧了！我才不想這麼快就談戀愛，太累了。」

「妳每次都這麼說！隔天有人來追妳了啦，放心吧。」阿飛吐槽我。

我才正想吐槽回去，涂靖祐就先說了：「也是，這種被追求的困擾你一輩子都不會懂吧？」

「學長！你幹嘛這樣啦！」他哇哇叫。

回去之前，涂靖祐走在最後面，其他人在門外聊天時，他突然給我一個很輕的擁抱。

我愣住了。

「不要介意，我只是想安慰妳。」

「不會啦！謝謝你喔。」

他放開我，笑得溫柔卻調皮，「別放棄，還有很多人追著妳跑，總有一天會幸福的。」

「知道了。」我回他一個甜甜的笑。

他斂下笑容，注視我的目光卻更深了。

05

似乎又快發燒了，我把門關上，想早點回房睡一覺。但又想到韋司宸，於是走到陽台往下一望。

他回來了嗎？是做什麼工作的？會不會……也有覺得累的時候？

我頭疼欲裂，想想還是回去休息好了。才走沒幾步，便忽然感覺到一陣暈眩。

「不能飛了，就不要逞強。」那個聲音在身後響起。

我轉身被他接入懷裡，這麼一靠近，我身體又更熱了。

韋司宸扶我回房，拿了一杯椰子汁給我。我疑惑地接下，一臉不解。

「聽說椰子汁能解熱，妳不是發燒嗎？」

「你怎麼知道？」

「出門前看到妳臉很紅。」他望著我。

我有臉紅嗎？我下意識摸臉，溫度有點高。

他傾身向前，觀察我的臉，「喔，好像又更紅了。」

別、別靠那麼近啦！

「……謝謝你。」覺得很不好意思，我小聲向他道謝。

「呵，妳好好休息吧！我回去了。」

「等一下！」

韋司宸回頭，等我的下文。

「我想和你聊聊。」我低下頭，更忐忑了。

「好啊。」他走回來，漫不經心地說：「花蝴蝶，妳怎麼連耳朵也紅了？」

別說耳朵，我連內心的小鹿都是紅的。

我佯裝正經，「你在外面和我說的話是什麼意思？」

「只是覺得妳一直在逞強。」

這我知道，涂靖祐也這麼說我。

我迷惘，「為什麼？」

「這個啊……」他笑了笑，優雅地以手托腮，「明明就一臉快哭的樣子，為什麼要堅強？」

「但你叫我勇敢。」

「勇敢地不堅強。」他說。

我愣住了。還不懂他的意思，他已經接下去說：

「妳太逞強了。妳再怎麼光鮮亮麗，再怎麼像是被萬人簇擁的花蝴蝶，其實，也只是一個女孩子而已。」

「女孩子，可以哭可以笑，也可以依賴別人。為什麼要自己扛？為什麼明明難過卻要對別人笑？為什麼想放棄卻要逼自己堅持？」

他的話軟化我的理智，思緒明明清晰了，眼前的人影卻變得模糊。

「……為什麼你知道這麼多？」我以手遮眼，想掩飾奪眶的脆弱。

「我看過妳幾次，但妳太專注了，專注在悲傷裡，從來沒有發現我的存在。」他溫柔地移開我的手，「妳有注意到妳是怎麼跟男朋友說話的嗎？一種自己什麼都行的感覺。不需要依靠誰，不需要別人擔心，妳的臉上就寫著這種倔強。妳看，哭就哭，幹嘛忍住？」

聽了，我眼角的淚開始不受控地掉落。

「妳可以依賴別人，不要再這麼逞強了。」他輕摸我的頭，「知道嗎？」

我沒有抱他，卻覺得自己全身上下的脆弱都在擁著這個人。為什麼會信任一個剛認識不久的人，我也不明白。

「薔薇大哥。」我抹去臉上的淚。

他深深注視我，不說話。

「剛剛那些話，是你說的。」

你說，花蝴蝶累了可以不飛。

「那以後，如果心情不好……」

「就來敲門吧。」清朗一笑，韋司宸輕輕捏了我的臉。

我望著那張調皮卻溫柔的笑臉，第一次，有了這樣的念頭——依賴。

「對了，薰衣草香水還用得習慣嗎？」

「雖然香水是出門用的，但我都在睡前擦，好像有點奇怪對不對？」我不好意思地笑笑。

「也沒什麼不好啊！妳能睡得好就好。」

「啊，薔薇大哥……」

「怎麼？花蝴蝶。」他笑。

「我想要一瓶薔薇香水。」像他身上的味道。

他稍微愣了一下，「為什麼？」

「因、因為很常在你身上聞到，覺得擦在女生身上也不錯。」我努力地想著怎麼說才比較不奇怪。

「那本來就是女用香水。」他微笑，卻多了我猜不透的防備。

「那為什麼……」

「別用吧。」

「咦？」

韋司宸站起身，背對我走了幾步。我望著那樣的背影，清楚看見他難以越過的界線。

「薔薇帶刺，會傷了花蝴蝶，讓她不再勇敢。」

06

韋司宸說那句話的時候，為什麼看起來那麼寂寞？

薔薇香水……對他來說有什麼特別的意義嗎？

我始終猜不透韋司宸這個人。他早出晚歸，我無所事事，所以我們很少在宿舍碰面。頂多，會在鞋櫃上發現紫色便利貼，閱讀他語帶關心的細膩文字。

像那樣的紙條，我全部留下來了。但我沒他的電話、不知道他回家的時間、不了解他的一切，我們之間的聯繫，似乎就只剩這些便條紙而已。

我不是想過問他的生活，只是好奇會說出那種話的人，私底下會是怎麼樣的？

「雪築！」小紫的手在我眼前揮。

「怎麼了？」我回過神。

「妳一整天都在發呆，是不是忘記我們的約定？」

咦，什麼約定？

「妳忘了要陪我逛柏莎嗎？」

啊，我還真忘了！

下了課，我和小紫一起去了彩妝名店。路上，我向她提起韋司宸這個人，包括他的神祕和體貼。小紫聽了，露出不可思議的表情。

「哇！他怎麼會說那種話？也太溫柔了！」

「是吧？我從來沒有遇過這種人，害我不知道怎麼跟他相處。」

「溫柔的人不是很好相處嗎？」

我想起韋司宸那張略帶憂鬱的臉；想起他注視我的時候，黑髮下的一雙幽深祕密。近在咫尺，卻不能探問。

「也有和他人保持距離的溫柔啊！」

「……咦？」小紫不懂，但她很快就被吸走注意力。她飛奔，回頭朝我大喊：「妳看！有好多瓶子很可愛的香水喔！」

我跟著跑過去，其中，有一瓶看起來很熟悉。

紫色瓶身、流線的設計……

「薰衣草香水？」我驚呼。

小紫奇怪地看我，「……那的確是薰衣草香水啊！有必要驚訝成這樣嗎？」

不、不是啦！這是韋司宸送我的那瓶耶！

我還不想把這件事告訴她，只好一個人陷入驚喜。

這麼說來，我在他家看見的那些彩妝和香水，也都印著同一個Logo。他收集這麼多，難道是柏莎的忠實顧客嗎？

「小紫，如果韋司宸家裡有很多彩妝和香水的話，妳覺得是怎麼回事？」

她看了過來，一臉困惑：「可能是他女朋友的吧！不過……」

她挨近我耳邊，像是怕被誰聽到。下一秒，她露出怪異的表情，輕輕說：「妳確定他不是同性戀？」

「噗——」我差點把嘴裡的飲料吐出來。

「喂！我是說真的啦！哪個男人沒事會在家裡囤化妝品和香水？唯一的可能就是男同志啊！」

「這、這麼說是沒錯啦……」可是，我一點都不想相信啊！

一想到我曾經因為他臉紅，我就沒辦法想像他是同性戀。不是吧？應該不是吧？

我愈想愈恐懼，小紫又繼續說：「這樣也不錯啊！他可以當妳的閨蜜，幫妳罵所有辜負妳的爛男人。咦？對了！難怪他這麼了解妳，我們常說男同志比一般男人更了解女——」

「喔！不！絕對不可以啦！」這個世界上會少一個天菜給女人選的！

「沒想到花蝴蝶竟然在公共場合大吼大叫？」

突然，一個熟悉的聲音打斷了我們。我不敢回頭，全身的毛都豎了起來。

完蛋了。

小紫還沒意識到大難臨頭，沒神經地回看——然後，失控大叫。

「兩位小姐，我們……」韋司宸環顧被我們嚇到的客人，輕柔一笑：「還是去外面聊聊關於同性戀的話題吧？」

我突然發現，原來一個人的笑容也能讓我腳底發麻。

07

這裡很美，舒適的氣氛、精緻的裝潢，還有年輕貌美的服務生站在身旁。但，我想……全店最美好的風景應該就坐在我對面吧。

韋司宸斂下黑睫，專注地翻閱菜單，那個樣子，靜得像是一幅畫。我注意到他漂亮的手指，在他翻頁時，彷彿也悄悄地翻動了我的心扉。

我是怎麼了？明明就還在害怕他會怎麼處理我們啊！

小紫也不敢說話，看菜單的同時也偷偷看他，不曉得是在看人家養眼的外貌，還是怕對方突然拿桌上的刀叉砍她。

「就這個吧。」韋司宸對服務生說，然後又望向我們，「兩位決定好了嗎？」

我根本沒看菜單，只好說：「跟、跟你一樣就好！」

「那我來一份招牌的好了。」小紫顯然也沒在看。

服務生離開了，我們不約而同地正襟危坐，等韋司宸開口說話。

「怎麼了？妳們看起來很緊張。」他笑。

笑容很好看，但是，很恐怖。

「只是覺得第一次跟你出來吃飯，有點不習慣。」我說謊，我罪惡。

「週五了，出來吃個東西不是很好嗎？應該要更輕鬆才對。」

可是你就一副想好好處置我們卻又拖延時間來折磨人的樣子啊！

我不說話了，小紫訥訥地接口：「韋大哥，你約我們出來，真的是想吃東西而已嗎？」

「當然是想聊聊天啊！能更認識鄰居還有她的好朋友，順便談一些比較『特別』的話題……嗯？妳一直看著刀叉幹嘛？」

她光速抬頭，丟出一抹怪裡怪氣的笑容。「沒有啦！只是覺得它的光澤很美。」

妳笑得難看死了，小紫。

「啊，這餐具是做得不錯，但如果染上一點紅就更美了。」

「——紅？」我和小紫張大嘴，感到全身發毛。

「我是說，番茄醬。」他完美一笑，拿起刀叉切下剛送來的番茄土司。

我也望著我的番茄土司，覺得全世界都在旋轉。

沒想到韋司宸也有這麼愛捉弄人的一面。我果然對他還不是那麼了解，以為他無時無刻都很溫柔。

不過，也是！哪有人不管遇到什麼事都很溫柔的？他也有生氣或脆弱的時候吧。

那樣的韋司宸……我好想看看。

我想，更了解他一點。

「花蝴蝶，最近學校怎麼樣？」韋司宸抬眼看我。唇邊斂著的淺笑，就像他的目光一樣神祕。

「才剛開學，一切都很閒，每天都早早就回宿舍了。」說到這裡，我突然想起一件事：「我不管什麼時候出門都沒有遇過你，你都在忙什麼呀？」

「上班啊！」他輕笑：「不過，現在不是遇到了嗎？」

「你……喜歡逛柏莎嗎？」小紫小心翼翼地問。

「不，我在那裡工作。」

太好了！不是同性戀！

不對，我在想什麼？

小紫看起來很驚訝：「是門市店員？儲備幹部？還是店長？」

「都不是，我不會只出現在那家分店。」

「難道是……區經理？」他的位階這麼高嗎？

聽了，韋司宸露出微笑，黑亮的目光變得更深沉：「我是Bertha國際美妝的總經理，請多指教。」

什、什麼？

我的鄰居大哥竟然是總經理？總經理？

小紫也目瞪口呆，卻慢慢對我露出「妳賺到了」的表情。

賺到什麼啦！他又不是我的！

「妳們不用驚訝，那是因為我爸是董事長。」

「咦——」我們的眼睛張得比剛才更大。

小紫再度轉頭看我，露出「唉，沒這麼容易了」的表情。

我沒有要釣金龜婿好嗎！真是夠了！

「韋大哥，謝謝你照顧我們雪築喔！」她開始狗腿，忘了自己誤會人家的性向。

「沒什麼，鄰居本來就該互相照應。」

照、照應嗎？他一定很忙吧，我竟然還把那些小情小愛的心事告訴他！唉，好丟臉。

後來，小紫趕著去打工，韋司宸說他可以載我回家。這樣正好，小紫就不用特地先載我回去了。

不過，我有點不敢坐他的車。車門黑得發亮，要是不小心刮到一定要賠很多錢。

他有趣地看我，我發現自己像個鄉巴佬，連忙坐上車。

「薔薇大哥，你不是同性戀吧？」雖然已經差不多確定答案，但我還是想問一下。

沒想到他居然不打算馬上告訴我：「在告訴妳之前，先回答我一個問題。」

「什麼問題？」

「妳知道想愛卻無能為力的感覺嗎？」紅燈時，他轉過頭來看我。深得彷彿看不見盡頭的眼，閃爍未知的流光。

這是……什麼意思？

「如果是那樣，妳會怎麼做？」他問。

想愛，卻無能為力？

雖然不明白，但我想起了過往失敗的愛情。我付出了很多努力，卻總是失敗，把自己搞得遍體鱗傷。對方也一樣，明明還愛我，卻向我提分手。

這算不算是一種無能為力？

他將車停在宿舍門口，在轉頭凝望我的瞬間，也將心上深沉的憂鬱傳了過來。

「我不是同性戀，但我寧願是。」

他伸手碰了一下我的額，溫柔得讓我連思緒都變得空白。

「才不會看見想愛的女人，卻無能為力。」

想愛的女人……

那，是誰呢？

08

「咦？你怎麼來了？」

剛出教室，我看見涂靖祐站在門外等我。發現我走出來了，他抿唇一笑：「把妳拐去社團啊！幾天沒去了？自己說。」

我沒轍地笑，「一定要去嗎？」

「當然，一堆學弟都等著看正妹學姊呢！妳不來，流音社都要倒了。」

「有帥哥社長撐場面就好了。」

聽了，涂靖祐斂下燦爛的笑顏，轉而輕笑，「我又不帥。」

我正想反駁，但隨後走出來的小紫打斷了我：「的確，比起韋大哥，學長你是差了一大截。」

「怎麼有學妹這樣跟學長說話的？」他笑著敲了一下小紫的額頭，然後問：「不過，韋大哥是誰？」

「就是雪築的帥鄰居啊！上次在她家你不也有看到？」她說：「前幾天在柏莎遇到他，人家不僅是總經理，還優雅到爆！」

「有這回事？」他困惑地看我。

「嗯，他請我們吃了一餐！」

「而且他很照顧雪築！啊，如果我也有這樣的帥鄰居就好了。」小紫開始發花癡。

不過，涂靖祐沒有繼續這個話題：「雪築，跟我去社團吧！」

「好啦。」我抬頭看他，卻發現黑眸透出一絲不耐和徬徨。

他是怎麼了？

「那我先回家了喔！你們慢聊。」小紫打完招呼便一溜煙跑走。

看她走了，我本來想問涂靖祐是不是心情不好，但他沒留給我說話的時間，抓著我的手臂就走。

一進社辦，已經在準備社評的人立刻放下手邊工作，興奮地圍過來。

「學姊，好幾天沒過來了喔！」

「我在忙啦！」

「騙人！剛開學哪有什麼事好忙？」另一個學弟吐槽我：「而且我聽社長說妳每天下午就回家了。」

我轉向涂靖祐，發現他已經恢復成平常的樣子，於是用力瞪了他一眼。

「學姊，妳歌后耶！快點上去唱一首讓大家提振精神嘛！」

「不過麥克風好像壞了……」整理設備的學妹拍了拍無聲的麥克風。

「我去器材組要新的吧！」涂靖祐自告奮勇，「雪築，妳也一起去？」

想想我也沒事做，於是就答應了他。

我們到了器材室，卻找不到哪裡有新的麥克風。我在布滿灰塵的箱子中翻找，嗆得我連連咳嗽。

「我來找吧！妳休息一下。」涂靖祐走了過來。

我也覺得累了，便找一張椅子坐下。望著他背影，我若有所思地說：「你覺得麥克風那種不能摔的東西會放在這裡嗎？」

他一聽，停下手邊的動作，「也是！但他們叫我來這裡找，不在這的話會在哪？」

「或許在資訊組？」

「也有可能，那要去看看嗎？」

「好啊……哇！」我大叫，迅速摀住額頭。

「怎麼了？」

「有東西砸到我的頭。」我望著地上那包不知名的器材，覺得有點暈。

他將我的手移開，臉湊了過來，「我看看。」

涂靖祐的臉近在眉睫。他的五官很清秀，黑眸噙著露水般的明亮。他看了半天，才伸手觸碰我紅腫的額頭。

那瞬間，一個畫面撞進我的腦海——

韋司宸那彷彿要望進我靈魂的，深沉目光。

「雪築？」

「喂，雪築！」

回過神，我見他眼眶染上了一層陰霾。

「怎麼了？」

「妳在看著誰？」

「咦？」

他的嘴角彷彿承受不了失落的重量，輕輕地垂下，「我說，妳在看著誰？」

那個答案，或許他不會想聽見。

「去資訊組吧！」移走目光，他快速離開我身旁。

「涂靖祐！」我轉身叫住他。

他停下腳步。

「有時候，我覺得你對我太好了。」

下一秒，他給了我一個溫柔的回答。

「我只能對妳好。其他的，似乎需要更多勇氣才行。」

章二 你心上的位置

薔薇大哥：

之所以想知道我在你心上的位置，只是因為……

我已經把你放在心上了。

01

「雪築，妳等一下想吃什麼？」曉楓拍了下我的肩膀。

我轉頭看她，「不跟小紫他們一起吃嗎？」

「他們今天上午沒課啊！妳忘了？」她笑。

也對，我一整個早上都在想涂靖祐的事，怎麼可能會記得。

不想吃學餐的東西，我們兩個騎車出去，在一家早午餐店坐下來。點完餐，曉楓突然認真地盯著我看，像是有話要說。

「雪築，妳對學長的看法是什麼？」

「妳說哪個學長？」

「涂婧祐啊！」

沒想到曉楓會提起他，我不自然地問：「……怎麼了嗎？」

「妳知道我的室友是流音社的學妹吧？我前幾天回宿舍的時候，聽見她在跟另一個室友講妳的事。」

雖然已經大二了，曉楓還是住在學校宿舍，聽見八卦是常有的事。但這次八卦的主角竟然是我？這我可是第一次聽說。

「她說了什麼？」

「妳聽了不要太生氣喔！她說妳劈腿，所以跟前男友分手之後他才會退社，至於劈腿的對象是……」

「涂婧祐？」我憑直覺猜。

「嗯！」她點頭，一副替我抱不平的樣子，「她也真是睜眼說瞎話，妳根本就沒跟學長在一起。」

是沒有，但我已經不能保證他對我只是朋友。

「我又問了在流音社的一個朋友，她說本來流言沒傳得這麼嚴重，後來是因為大多數社員都看到妳跟學長走得近，所以才……」

「這幾天我沒有和他說到話，怎麼還這麼覺得？」

曉楓嘆了口氣，「聽說，那些學妹覺得你們在刻意避嫌，所以這幾天才不找對方。」

也未免太不真實了吧？沒有一句是對的。我蹙眉，毫無辦法：「就讓他們講吧！涂靖祐和我知道事實就好了。」

「也是！我想，過幾天大家就會忘記這件事了。」

但曉楓的推測沒有成真。幾天後，當我前往社辦時，在門外聽見裡面傳來的聲音。

「學長，你確定要繼續跟雪築學姊在一起嗎？她可是會劈腿的人耶！」我認出這個聲音，是一個設計系的學妹。

「我說過多少次了，她不是我的女朋友。」涂靖祐用不耐煩的聲音否認。

「我知道你是想保護她！」

「別再亂說話了。」他的態度冷漠，「借過，我要出去。」

我還來不及反應，涂靖祐已經打開社辦的門——

「……雪築？」

我還沒想到藉口，學妹就用惡劣的語氣說：「學姊，我只是建議學長而已，妳有必要站在外面不敢進來嗎？」

「妳在說什麼？」涂靖祐回頭瞪她。

學妹高昂的聲音引起所有人的注意。我看了周遭一眼，想趕快結束這場鬧劇：「沒有不敢進去啊！我才剛來而已。」

「感覺學姊已經在門外站很久了耶？我有聽到腳步聲喔！」

我愣了一下。那段話，她是故意說給我聽的？

「可以解釋妳為什麼劈腿又糾纏學長了吧？」她將這些日子傳得沸沸揚揚的流言攤在我面前。我發現她正在觀察我的反應，也看見她得意的表情。

雖然覺得憤怒，但我還是讓自己看起來很冷靜，「妳自己問他，我從來都沒有糾纏誰，也沒有劈腿過。」

「學長是保護妳啊！他才不會承認妳是他的女朋友。」

「妳要是繼續亂說，別怪我不客氣。」涂靖祐生氣了。

學妹嚇到了，沒料到脾氣好的涂靖祐會用這種態度和她說話。但她不服輸，憤怒地鼓起腮幫子。

「妳明知道學長喜歡妳，卻還是不拒絕他的溫柔，這總該是事實了吧？」

我一愣，徬徨地望向涂靖祐，卻在那瞬間看見他崩解的武裝。他的無措告訴我，他忘不了的是——我明明注視著他，腦海裡浮現的人卻不是他。

他不能接受我迷亂的真心，我不敢面對他無償的溫柔。

他的眉宇承載憂傷，目光也不再晴朗。那一刻，他勾起緊繃的嘴角。是一個過於燦爛的笑。

「我沒有喜歡雪築。但，他們會分手是因為我在中間挑撥。我討厭她前男友，希望他失去雪築，也希望他離開流音社。雪築肯原諒我，我已經很萬幸了，就麻煩各位別再繼續說嘴了好嗎？」

此話一出，所有人都傻住了。

我愣在原地好一陣子，直到涂靖祐經過我身邊，我才猛然回頭看住他的背影。

「涂……」

明明……不是這樣的……

你明明不是那種人。

為什麼要這麼說？為什麼？

02

我沒多想就追了上去。他知道我跟在他後面，卻沒有停下來等我。

這樣的他，看起來好陌生。

「涂靖祐……」

原以為他不會回頭，但他在聽見我聲音的那刻轉身看我。

「怎麼了？」他問。

我走近他，「你為什麼要說那些話？明明就不是真的！」

「妳是指哪部分？」望著我，他輕輕勾起嘴角，卻沒有笑意。

「當然是——」我止住聲音。

走廊上沒什麼人經過，陽光灑落在我們之間。那樣的耀眼教人無法直視，沐浴在光輝下的他，和那份無語中潛藏的感情，讓我不敢直視。

明明才剛體會那段話語的冷漠，此刻卻感覺到徬徨的心有了溫度。

原來能真切地感受一個人的情感，是這麼溫暖的事。

「是什麼？」他問。

沒有喜歡我、討厭我的前男友……這兩件事，哪個是假的？

「你討厭他？」我丟出另一個疑問。

「他很好相處，平時我當然不會討厭。」

得到意外的答案，我追問：「那，什麼時候會討厭他？」

涂靖祐又笑了，是一種憂傷的武裝：

「愛妳的時候。」

這一次，他沒留給我追上他的機會。

回宿舍的路上，我一直無法平靜下來。涂靖祐一直是用那種狀態看著我和前男友嗎？

在我被前男友追走的時候……

在我向他提起前男友的時候……

在我，因為前男友的離去而傷心的時候。

這些傷痛，我不敢去想像。

一回神，我已經站在韋司宸家的門口。我想聽聽他的建議，於是敲了他家的門。

門竟然開了。

我愣住，望著沒有鎖上的門。

「……薔薇大哥？」我探頭進去，沒有看見韋司宸。

怎麼會忘了關門？

我小心翼翼地進門，才剛走上玄關，就聞到一陣混雜酒味的薔薇香。覺得不對勁，我快步往客廳走去。

一看見客廳的景象，我完全傻住了。

空酒瓶散落在各處，看起來根本不像是優雅的韋司宸會做的事。雖然不想相信，但這個房子的主人——韋司宸，的確就坐在沙發上沉睡著。

韋司宸喝酒了？還喝成這樣？

我走過去，傾身靠近他：「薔薇大哥？」

他沒有醒來的跡象。

我索性也不叫他了，開始幫他把桌上的酒瓶收集起來，放在客廳的角落。一切都收拾好之後，我在他的身邊坐下，思考接下來該怎麼辦。

「花蝴蝶……」

突然，韋司宸動了。

我正想告訴他門沒關好，卻在下一秒被轉過身的他給壓倒！

「哇——」

我的背陷入了柔軟的沙發，感覺到韋司宸撲在我臉上的溫熱氣息。雖然他喝了很多酒，這味道我卻不討厭。

「薔、薔薇大哥？」我試圖喚醒他。

「妳也有……」

「什麼？」

他說話了：「妳也有無能為力的時候吧？」

03

這個人是溫柔的，卻用從容及神祕來偽裝。

「薔薇大哥，你……醉了嗎？」

他彎起嘴角，「妳覺得呢？花蝴蝶。」

「說話很正常，卻問了我奇怪的問題……」我思考了一下，「你講話本來就有點難懂，所以我也很難判斷到底有沒有醉。」

「我倒寧願自己真的醉了。」他笑，又更靠近我一點，「不過，花蝴蝶，妳為什麼一點身為女孩子的自覺都沒有？」

「咦？」

「一般來說，正常的女生會先把我推開，然後賞我一巴掌吧！」

他這麼說，我才意識到現在的情況挺不妙。我們躺在沙發上，呈現曖昧的姿勢，我卻沒有把他推開。

我連忙伸手推他，發現他一動也不動。

所、所以現在要賞巴掌？

「啊，才知道緊張？」他勾起戲謔的笑容。

「才不是！」覺得被他嘲笑了，我皺眉頭瞪他，「我、我只是覺得坐起來比較好說話。」

「所以妳也不討厭這樣？」

聽了，雙頰好像有什麼在燒，「我又沒有這樣說！」

他笑顏逐開。

我觀察他，除了臉頰有一點紅之外，的確是沒有任何喝醉的跡象。他酒量很好吧？身為總經理，一定常常需要應酬。

「薔薇大哥，你為什麼會住在這種學生宿舍？」想想也蠻奇怪的，雖然這間已經比我的豪華很多了，但總經理居然住在這種地方？

「能有什麼原因？只是不想住在家裡。」

「跟家人處得不好？」

呃，我這話好像也問得太白目。

「不，我和老爸感情很好。」

「那是……想試著在外面獨立生活？」

「我都已經二十五了，不是妳這種想離家見見世面的大學生好嗎？」他覺得有趣地望著我。

也、也是啦！不過，好好的家裡不住，待在這種簡陋的宿舍做什麼？

「別問了，我也不會告訴妳。」沒想到，他下一句話就阻止了我的好奇心。

我不說話了。我一點也不了解他，更不是他的誰，本來就沒有過問的資格。

他伸手摸摸我的頭：「妳想了解我嗎？」

「……想。」

「呵。」他輕笑，又巧妙地轉移話題：「花蝴蝶，妳今天找我是為了什麼事？」

啊，當然……又是那些小情小愛。

我想起涂靖祐疲憊的臉龐，和那句在悲傷裡徜徉的「愛妳的時候」。

然後，又想起韋司宸說過自己想愛卻無能為力。

「我不知道自己是不是失戀了。」我說。

「失戀？」

「我不確定是不是喜歡他，但他從我眼前走掉時，我覺得好痛苦。他明明說的是『愛我』，可是我聽了卻比『不愛我』還要難過。」

「面對妳愛的人，有時候……聽他說愛，比說不愛還要痛。」他說：「也許是因為這份愛比自己想像中的還要沉重。」

我覺得他想起了自己的事。凝望他清俊的側臉，他微醺的雙眸蘊含幾分憂愁。

「你愛過人嗎？薔薇大哥。」

他轉頭看我，伸手撩起我幾綹髮絲。柔順的髮在他的指間滑落，彷彿孤單的心事滑過我心頭。

「愛過。」

他回答了，但我不敢繼續探問，也許是因為他的眼神很寂寞。

「啊！薔薇大哥，我陪你喝酒吧？」為了轉移話題，我拿起剩下半瓶的酒，喝了下去。

「喂，花蝴蝶，那是威士——」

那一刻，我感覺一陣恍然襲上腦門——

映在我眼底的韋司宸，看起來像是一縷飄泊的靈魂。

04

喉間傳來的嗆辣感刺激了我的感官。我看不清周遭的一切，卻覺得眼前的韋司宸離我是那麼近。第一次，感覺到我們之間的隔閡無聲無息地消失了。

一凝神，我看見他為我擔憂的臉龐。

啊，在擔心什麼？他自己的狀況也沒有很好吧！

我突然抓住他的手臂，湊近那張臉，「薔薇大哥，你愛過誰啊？說嘛！每次都讓花蝴蝶搞不懂你，很傷腦筋喔！」

「花蝴蝶，妳醉了吧？」

「我沒有醉！」我搖頭，「薔薇大哥，你為什麼總是要轉移話題？」他似笑非笑，「我是關心妳才這麼問喔！不過，我還是第一次看到喝一口就馬上醉了的人。」

「我就說我沒有醉！」我的頭搖得更大力了，「而且，你關心我，卻不讓我關心你，一點都不公平。」

「不公平？那麼，妳想知道什麼？」

「想知道的事有太多了。」我偏著頭思考，卻發現思緒不清晰。「剛剛說過了！你愛誰？」

「現在沒有。」

「那，什麼時候會愛？」

「或許不會。」

「回答都這麼敷衍，是因為你討厭我嗎？」

「怎麼會？」他笑了笑。

「那……」我靠近他，眨了眨略感沉重的眼皮，「你會喜歡我？」

這個問題讓他一時愣住。

「到底會不會？」

他的目光變得深沉，彷彿想從我的神情看出一些端倪，「妳為什麼這麼問？」

「因為……我想知道這樣的我到底討不討人喜歡。」

「妳明明知道很多人喜歡妳。」

「但是我總是被甩啊！」我難過地望著他，「如果是薔薇大哥的話，最後應該也會把我甩掉吧？」

伸出手，他輕摸我的頭，「喝醉以後變得更沒自信了嗎？」

「我真的沒醉！我也常常跟男朋友出去喝酒，酒量很好的！啊，現在是前男友了。」

說到這裡，我想起了前男友的笑臉。

「他想去哪，我就陪他去哪，我也為他做了很多事，但他最後還是跟那些人一樣拋棄我了。奇怪，明明就是我被拋棄，為什麼所有人都覺得我看起來一點都不難過？笑，我是在笑啊！但他們怎麼就看不出我真正的情緒？」

我很迷惘，韋司宸卻冷靜地回答：「那是因為妳假裝自己很堅強。」

望向他，我莫名火大：

「可是我不得不堅強啊！我怕只要一展現脆弱的樣子，別人就會受不了我！誰想照顧一個愛哭又沒用的女朋友？如果什麼事情都可以自己做到，那對方不是很輕鬆嗎？我喜歡他，所以不想帶給他麻煩嘛！」

「妳真的覺得男人會不想照顧這樣的女孩？」

「誰會想啊！」我想也不想便回答。

下一秒，韋司宸反握住我的手臂，將我拉入懷裡。

一聲，又一聲的心跳……

「我就會。」

在逐漸清晰的音調敲響了清淡的三個字。

我圈住他的脖子，在他的懷抱中輕輕閉上眼。像隻脆弱的蝴蝶，找到了牠能依靠的薔薇。

「這是你說的喔，那我給你照顧我的資格。」

察覺我逐漸入夢的沉重鼻息，他擁住我的身軀，在我耳邊留下了若有似無的呢喃：

「……唉，我說妳，有點警戒心好不好？」

05

喔，誰來殺了我。

隔天，我竟然又在他的床上醒來。真是太丟臉了，我有家不回，三番兩次躺了他的床，他一定覺得我是奇葩。

韋司宸說我明明才喝了一口酒卻醉成那樣，連他也覺得不可思議。

而且，他什麼也沒說，卻露出那種頗具深意的笑……

我到底幹了什麼好事？是需要負責的事情嗎？

我嘆了很多次氣，涂靖祐覺得奇怪，放下麥克風就走過來。

「妳怎麼了？」

我摸著頭，不好意思地說：「我頭痛。」

「為什麼？」他伸手碰我的額頭，「沒發燒啊！」

「昨天……」

望進他擔憂瞳孔的瞬間，我發現自己或許沒有接受他溫柔的資格。

「我喝了酒。」

他露出詫異的神色，接下去問：「在哪？」

「在……鄰居家。」

「鄰居？上次那位嗎？」

「對。」我點頭。

見我坦承，涂靖祐深深蹙起眉，「就妳跟他兩個人喝？」

「原本是他喝而已，但我看他心情不好，就陪他喝了。」

不出所料，他在聽我說完的下一秒便板起了臉。

「妳和陌生男人一起喝？妳的酒量不好，不知道這樣很危險嗎？」

「他不是陌生男人啊！不過，我也沒想到自己會喝醉……」

他扶額，似乎很受不了我，「妳別太小看男人了！再怎麼紳士，他畢竟也是男人啊！一個喝醉的女人在他身邊，能不亂想嗎？」

我只能澄清：「但他的確沒有怎麼樣。」

「這次沒有，那下次呢？希望妳能注意一點，隨時保護好自己，畢竟——」他突然停住。

「什麼？」

「畢竟我不是妳男朋友，沒有隨時守在妳身邊的資格。」

我愣了一下，看他轉身拿起社評文件，不打算繼續這個話題的樣子。

「涂靖祐……」我輕拍他的肩膀。

雖然我自己也不是很能明白，但我想現在就告訴他。

「怎麼？」

「沒有資格的人是我。」我希望他也能體會我的感受，「明明我不是你的誰，你卻還是對我這麼好。如果可以，把這份溫柔留給自己吧。」

他輕笑一聲，用溫柔的眼神望著我。

「心都給了，該怎麼還給自己？」

我聽了他的疑問，卻發現連自己的心都解不開。

「唉！如果這些事情像做菜一樣簡單就好了。」

涂靖祐送宿醉的我回來之後，我切著菜，一個人在廚房喃喃自語。

最近，他說的話讓我愈來愈難招架。會不會有一天，我們再也無法單純地只做朋友？

我希望自己別用愛情奪走他。

宿舍的門鈴響了。我嚇了一跳，卻隱約猜出是誰。

門外，韋司宸神色輕鬆地望著我，使得我的不安瞬間消散了。

「柳橙汁可以解宿醉，妳信嗎？」

我沒聽過這個說法，卻發自內心地笑了：「是薔薇大哥說的，我就信了。」

他的笑容更深了。

韋司宸走進來，幫我關了門。一回身，他突然在下一秒靠了過來。

我還搞不清楚是怎麼回事，已經看見他拿著一把從我手中搶過來的菜刀。

「咦？」我忘了自己還拿著刀就跑出來了？

韋司宸迅速抱住我，聲音略顯顫抖：「花蝴蝶，妳為什麼要拿刀？」

我被他嚇到了，第一次看見他這麼緊張。

「薔薇大哥……」我不敢亂動：「我只是忘記把刀放下而已！沒有要做什麼啊！」

他的身子僵了一下，手才慢慢放開。

「是嗎？」

「嗯，你怎麼這麼緊張？」我困惑地問。

他別開頭，逕自往廚房走去，「……刀很危險。」

我想了解他的顧慮，卻看不透那個背影。為什麼，他什麼都不肯對我說？

我追了上去，在他把刀放回去之前叫住他。

他回頭，「怎麼？」

「我不會傷到自己的。」我指向他手中的刀。

「我知道。」

他朝我走來，將鋒利的刀舉在面前。他看著它的方式，像是緬懷，又像是憎惡。

「但我怕自己傷了妳。」

「什麼？」我連忙大退一步。

韋司宸輕輕一笑，轉身將刀放回櫥櫃。

「別誤會，我可不會拿它傷妳。」

「那你是什麼意思？」

「覺得妳不要了解比較好的意思。」他說。

又是這種態度。難道我就這麼不可靠嗎？

似乎沒發現我的失落，他走出廚房。將那杯柳橙汁放著，韋司宸輕靠椅背坐下。一抬眼，他像是在思索什麼，又像是什麼都沒在想。他總是這樣，明明不想被了解，卻又擺出一副讓人想更了解他的姿態。

正當我苦思著想打破這寂靜時，韋司宸已經幽幽開口：

「妳說過要給我照顧妳的資格，記得嗎？」

記得，那還是在酩酊大醉的時候說的。

「那，花蝴蝶，也給我不能讓別人照顧妳的資格吧。」

「咦？」

他退了開來，目光似水：「看妳被男人送回家，我好像不是很高興喔？」

原來他看到了嗎？

這明明不算甜言蜜語，我卻覺得自己在這一刻被他牢牢擭住了。真狡猾啊！薔薇大哥。你不想成為我的誰，卻要我給你不讓別人照顧我的資格。而我，明明還搞不懂自己的心意，卻為你這句話……

體會到久違的幸福。

06

期中考將近，我和幾個朋友待在圖書館的討論室做報告。

坐在對面的小紫露出迷惘的表情，轉了轉根本沒用過的筆。報告果然不是我們這種愛玩的人的強項，每到這種時候總是呈現彌留狀態。

「阿飛呢？」我轉頭抱怨：「去廁所去那麼久，肯定是在哪裡打混了。」

「反正他在也對報告沒幫助。」小紫嘖了一聲。

「嘿！我覺得這邊可以放個影片，讓大家更了解我們的主題，如何？」曉楓指著投影片的其中一頁，提出建議。

「贊成。」

「好！」

我們連上網路，才正要開始找影片，討論室的門便被粗魯地撞開了。

「雪築！」是阿飛衝了進來。

「你要嚇死人啊？」我瞪他，「上個廁所這麼久，一回來還撞門。」

「不是啦！」他拼命搖頭，「我剛剛在樓梯間看到妳前男友。」

我一聽，輕輕皺眉：「……然後？」

「然後，靖祐學長也在。」

「咦？」我愣住。

在涂靖祐說出那種抹黑自己的話之後，他們碰面了？

「我之前聽說你們社團的事了，感覺氣氛有點奇怪，妳要不要過去看看？」

他們該不會打起來吧？

「我晚點回來。」我丟下這句話便衝出討論室。

我離開圖書館，不一會兒便在樓梯間看到他們。一個是面色沉重的涂靖祐，一個是我很久沒見的前男友。

他們發現我接近，一同露出訝異表情。

「……你們在這裡幹嘛？」看起來不像是要打架。

「聊聊啊！」是涂靖祐先開口，他朝我招手，「過來坐著吧？」

我不說話，慢慢地走了過去。坐在階梯上，我沒看前男友的臉，卻感覺到他投過來的視線。

他還在乎我吧？那，當初為什麼要分手？

「社長，我剛才——」

「我還是沒辦法同意。」涂靖祐在說這句話的時候轉頭看我，彷彿他們剛才說的是我的事一樣。

前男友也看了過來。明明我們之間還隔著涂靖祐，我卻接收到了他的悲傷。

「總有一天，你會像我一樣。」他這麼說的同時，我好像也明白了他的意思。

涂靖祐轉而注視他，用堅定的語氣反駁：「到那時，我也不會放手。」

他笑了，卻像分手的那天一樣悲傷，「我也這麼想過啊！但那種痛苦會逼得你不得不放手。」

我沒有介入話題，儘管話中的主角是我。

「對了……」前男友輕輕地說：「我已經和學妹解釋過了，說你那些話只是胡說八道。」

涂靖祐有點不爽：「你這麼做，不就又讓雪築被她們罵？」

「所以我說是我劈腿。」

「什麼？」我睜大眼睛。

「你怎麼……」涂靖祐也不敢相信。

前男友側過身看我們，彎起一抹神似涂靖祐的疲憊微笑：「不是只有你有權利這麼做，社長。」

「等等！」見他離去，我上前抓住他的手。

他望著我，以溫柔的目光。

「為什麼你們都要犧牲自己？」

「只有這樣，才能在妳的生命占有一席之地。」他回答。

我還不懂他的意思，涂靖祐便將我拉離前男友一步：「意思是，這樣做會在心裡產生妳需要我們的錯覺。」

明明只是幫他解釋而已，他的語氣卻像是比任何人都懂。像是，自己也正身在這種痛苦之中。

我閉上眼睛，再也不能承受悲傷的重量。

「謝謝。」我說。

他們一同注視著揚起笑的我。

「謝謝你們。」睜開眼，我奮力牽動嘴角，給他們一個不再過問的笑容。

然後，轉身離開。

走了很遠，我才慢下腳步。明明想直接回家了，我卻想起還有報告要做。嘆口氣，我找了張木椅坐下來休息。

我啊，就算已經談過很多次戀愛，也跟沒談過一樣，總是在犯一樣的錯。

不需要他們？

原來，我一直都不肯依賴他們嗎？

「花蝴蝶。」

我嚇了一跳，轉頭才發現某人降下車窗，用溫雅的微笑看我。

「薔薇大哥？你怎麼會在學校？」

他叫我上車聊，並解釋：「我們公司贊助學校興建大樓。」

「咦？」我睜大眼，「那要很多錢吧！」

「妳怎麼注意在這種事情上？」他笑了起來。

「因為贊助這麼多錢也不能獲得利益啊！」

「我這麼做多少能拉提公司的知名度，不過……」他側著臉，露出調皮的微笑。「主要還是因為花蝴蝶在這裡喔。」

「我？」我指著自己。

「與其選其他等級跟你們差不多的學校，還不如讓妳有個更好的學習環境。」

薔、薔薇大哥……你這麼說，簡直就像望女成鳳一樣。

他伸手碰一下我的額頭，「雖然妳應該也不是很認真？」

「但我也會想辦法及格！」感覺被嘲笑了！

「是嗎？」

「絕對是！對了，你說要給我更好的學習環境，但大樓都還沒蓋好我就畢業了吧？」

「所以這只是藉口啊。」他說。

我蹙眉：「你到底是怎麼想的？」

「總是在宿舍門口見面，不覺得無趣嗎？在這裡可以巧遇妳。」

我一聽，對他曖昧的言語感到難為情。

是不是只有我對他的話胡思亂想？他其實一點感覺都沒有吧？

我忽然很嚴肅地看他：「薔薇大哥。」

「怎麼了？一副想咬人的樣子。」

「如果你只是覺得捉弄我很有趣，可以用別的方式，不需要說這種讓人誤會的話。」

他感受到我的認真，目光變得深沉，「我沒有在捉弄妳。」

「那，你究竟是什麼意思？」

「妳……」他輕輕勾起我的下顎：「妳在試探我？」

或許是吧。

我不只在試探他，同時也是在試探我自己。不想讓迷亂的心情受他擺布，只好先弄清楚他的想法。

「我想明白，自己在你心上的位置。」想知道他無條件關心我的原因。

「那麼，這個週末……」

他霍地站起身。一直以來，他總是留給我無法看透的背影，但這一次，他卻在另一端回頭看我，給了我「請試著來了解我」的邀請。

「我帶妳去參觀公司吧？」

07

「怎麼了？看起來那麼緊張。」

韋司宸將車停好，轉頭望著坐在副駕駛座的我。

「也、也不是緊張啦！」我解開安全帶，不禁開始左右張望，「畢竟你是總經理，這樣跟著你去公司好像挺怪的。」

「不試試怎麼知道？」他笑。

於是，我跟著他，懷著徬徨的心踏進了公司大門。雖然是週末，但有些部門似乎沒有放假，還是有一些人在裡面走動。那些人一看見韋司宸，便恭敬地向他打招呼。

「總經理好！」

「總經理早安。」

「總經理，假日還來公司看看，辛苦了！」

我們才進公司沒多久，便聽見一堆像這樣的問候，還伴隨幾道打量我的好奇目光。

我被看得渾身不自在。

韋司宸輕輕地望了我一眼，在下一個轉角，他突然抓住我的手，將我拉進一旁的某個房間。

「咦？」

我看他迅速地關上門，想問清楚，卻發現他竟然開始脫衣服！

「哇！薔薇大哥你幹嘛？」我惶恐大叫，忘記遮住自己的眼睛。

我發誓我是真的忘記。

他脫下西裝外套，開始解開襯衫的鈕扣，露出結實的胸膛。

等一下，他的鎖骨好性感……

不、不對啦！

「快點穿回去啦！」我終於意識到自己看著他上演脫衣秀，連忙轉身背對他。

他到底想幹嘛啊？

過了一會兒，他叫我：「花蝴蝶。」

「什、什麼？」我不敢回頭。

「轉過來。」他沉著聲音。

「不可以啦！」

聽我拒絕，他索性把手搭上我的肩，那一刻，我全身竄上炙熱。那壓在我肩上的重量，讓我一步也無法動彈。

「唉。」韋司宸嘆了口氣，用雙手將我整個人轉向他。

我的腦袋一片混亂，驚恐地睜開了眼——

「咦？」他有穿衣服？

他換了另一個裝扮，身上穿著合身的休閒衣，還戴上了帽子和黑框眼鏡。

這是怎樣？

「妳以為我要幹嘛？」他勾起戲謔的微笑。

「我才沒有以為你要幹嘛！」我猛力搖頭，指著他：「你這身裝扮是要做什麼？」

「偶爾也不當總經理一下吧。」

「什麼意思？」

他走向前，輕輕地把門打開，然後壓低帽簷，在半掩的門縫回頭看我：

「我們來試試保全系統可不可靠？」

我愣住，還不懂這神祕的傢伙在想什麼，他已經把我拉了出去。一出門，一個員工恰好經過，還回頭好奇地望著我們。

「你們是新來的？」他問。

「是啊！」韋司宸刻意壓低聲音。

「難怪沒看過……」那人搔了一下頭，叮嚀我們：「今天總經理有來巡視，快去工作吧！」

「沒問題。」他笑。

我一句話都不敢說，靜靜地望著那名員工遠去的背影。

「啊，看來保全還需要加強。」韋司宸感慨地說。

「什麼保……」

「咦？等一下！」原本已經走遠的員工又突然回頭，指著我們說：「你們胸前沒有員工證耶！」

我被他嚇了一跳，拿不定主意地望向韋司宸。只見他，彎起了一抹神祕的微笑。

「你們不是員工吧？是外面混進來的！」他開始朝四周大喊：「喂，保全！保全快來！」

什麼啊？這是什麼情況啦！

「快走吧！」

韋司宸笑顏逐開，牢牢地握住我的手，便開始向前狂奔！

「要去哪裡啊啊啊——」

我們在走廊上狂奔，途中還不小心撞到一些人。在跑了一會兒後，我聽見身後傳來保全的叫喊。我回頭，看見一些穿著西裝的男人正緊緊地追著我們不放。

「薔薇大哥，他們追上來了！」

「知道。」明明就跑得那麼快，但韋司宸看起來一點也不狼狽，反而非常輕鬆的樣子。下一個轉角，他拉我躲進販賣機後面。

我上氣不接下氣，稍微平順呼吸之後才說：「呼！薔薇大哥你真是太亂來了，明明是個總經理還跑給保全追——」

「哈哈哈……」突然，帶著磁性的笑聲傳入耳際。

我訝異望向他，一向優雅的韋司宸竟然笑得開懷。

這個男人原來也有毫無距離的時候。

我不自覺地伸出手捏他的臉。

他抓住我的手，對我溫柔地笑笑：「怎麼了？」

「好想每天都看到你笑成這樣。」

「這是個貪心的願望喔？」

我睜大眼睛，感覺心臟在那一刻縮緊。

「但妳不會有所覺悟的。」

韋司宸留給我一句匪夷所思的話，便走了出去。我追上去，正想問個清楚，卻發現一個西裝筆挺的人從不遠處向我們走來。

他看起來約莫四十幾歲。

「新員工嗎？」他將手背在身後，有些趾高氣昂。

「經理好。」韋司宸以壓低的聲線回應他，並低下頭。

我看見這一幕，連忙也學他向這個人打招呼。

「嗯！蠻有禮貌的，不錯。」經理笑了幾聲，便指向隔壁的房間：「給你個任務，去那裡幫我拿幾瓶材料出來，然後送去研發室。」

「是，要哪幾種材料呢？」

「這給你。」經理遞給他一張紙，然後轉頭看我，「至於妳，來我辦公室。」

我不想穿幫，懵懂地點點頭，但韋司宸在下一秒拉住了我的手。

經理也發現了，不悅地說：「幹嘛？難不成你們是情侶？公司禁止談戀愛，沒聽說過嗎？」

「回經理，從來沒聽說過。」他彎起微笑。

「嘖！就是有這項規定！你這是怕我會對她亂來嗎？」

「回經理，防人之心不可無。」

「什麼?你這小子怎麼這麼沒禮貌!」他氣憤地指著韋司宸的鼻子，臉都氣紅了，「你還知道我是經理嗎?懂不懂什麼叫尊——」

「司宸。」

一個穩重的聲音打斷了他。

我望向經理的身後，有個五、六十歲的男人朝這裡走了過來。他略顯蒼老的臉上布滿了歲月痕跡，卻不減那雙黑眸的銳利光芒，就韋司宸一樣，耀眼奪目。

我突然有種預感……

「啊……」

這一刻，韋司宸優雅地拿下了帽子，在經理瞪大雙眼的瞬間，幽幽地彎起和眼前男人如出一轍的微笑。

「早安，爸。」

預感成真。

08

我坐在沙發上，難掩緊張地朝四周望來望去。在這沉默的氣氛裡，韋司宸沒有說話，坐我對面的韋司宸父親也沒有說話。

我偷偷打量他，發現這個人散發一種沉靜的氣質，漂亮的眉宇和立體的輪廓都和韋司宸很像。但是，比起優雅的韋司宸，他爸還多了穩重的歷練感，舉手投足雖是從容，卻讓人得以信賴。

想想也對，韋司宸都已經這麼優秀了，他爸一定不是簡單的人物。

不過，這樣的人會不會很嚴肅？重點是為什麼他們都不說話！難道要我找話題嗎？

「司宸。」終於，他爸開口了。

「嗯？」韋司宸輕輕抬眼。

「我知道你是為了測試公司的情況才扮成那樣，但一下子就把大家搞得雞飛狗跳，不覺得有點亂來嗎？」

天啊！開始訓話嗎？

我望向韋司宸，發現他露出不怎麼介意的微笑：「爸，你還是總經理的時候不也這麼做過？」

他一聽，開懷地笑了出聲。那個笑聲就像韋司宸一樣，開朗卻富磁性。

原來他其實連笑聲都和韋司宸很像……

「那，現在是不是要跟爸爸介紹一下這位小姐了？」他望向我，銳利的雙眼瞇成了彎月。

「她是花雪築，隔壁鄰居。」韋司宸的嘴裡雖然這麼說，但他卻伸手摸了一下我的頭。

這樣的互動在別人眼裡，似乎不像只是鄰居而已。

「董事長好！」我連忙點頭問候。

「哈，叫我伯父就好了。」他笑著，又安靜下來打量我，一會兒才說：「司宸，難怪你不想回家住。」

伯父，別這樣啦……我有點難為情。

「爸，你明知道不是這個原因。」韋司宸淡淡地說。

「我是知道，不過你也該釋懷了吧？你媽很想你，老是說一個兒子明明還沒娶老婆，卻不回家住，她很寂寞啊！」

韋司宸很平靜，但那雙眼透露的訊息，讓我覺得他不想再繼續這個話題。

我突然希望自己能為他做點什麼。

「伯、伯父！」一回神，我下意識地出聲：「有時候暫時離家一下也不錯啊！像我就覺得搬出來的這兩年讓我成長很多，所以，他應該也是這麼想的！」

我一連串說完這段話，才發現自己似乎太過唐突。對方可是董事長耶！像他那種經歷過那麼多事的人，一定會覺得我的看法很像小孩吧？

沒想到，伯父又再度笑了。他望著我，頗感同意地說：「雪築小姐的看法也沒錯啊！那，我這做爸爸的，就讓兒子再待在外面學習幾年好了。」

鬆了一口氣之後，韋司宸輕輕地碰了一下我的後腦杓。那溫柔的觸碰像一種肯定，讓我不禁臉紅。

後來韋司宸說要再帶我逛逛公司，他爸也同意了，笑著要我們快去。但在這時，韋司宸的手機響了。

他望向手機螢幕時，我在他臉上看見複雜的神色。是誰？讓一向從容的他變了表情？

「我去外面接一下電話。」說完，他便走出辦公室。

我困惑地望著被關上的門，直到身後傳來他爸的叫喚：

「雪篥小姐，先坐著等吧！」

「喔！好的。」

「司宸那孩子，有時候就是太執著了。」他又替我倒了一杯茶，幽幽地說：「以為我不知道他在跟誰聯絡嗎？」

「伯父，那……是誰呢？」

他抬頭看我，輕輕地彎起嘴角，「如果他沒有告訴妳，那我也不方便透露，不過……」

說到一半，他突然走向辦公桌，從抽屜拿出了一把精緻的折疊刀。然後，將那把小刀遞給我。

「這是？」我望著這把和手掌差不多大小的刀，不解地問。

「蝴蝶刀。」他也看著它，幽深的眸子染上一層回憶的顏色，「時機成熟的時候，就把這刀拿給他看吧。」

「伯父，這是什麼意思？」

「不用傷痛來提醒他的傷痛，他是不會覺醒的。」

我還不懂，他已用更深沉的目光來凝視我：「希望妳，可以成為他的救贖。」

成為他的救贖？在他心中，我能成為那樣的存在嗎？

臨走前，我忍不住回頭，看見伯父用溫暖笑意目送我，那兩字「救贖」又在我心上印得更深。

韋司宸走在前面，似乎在想什麼重要的事情。

「薔薇大哥，接下來我們要去哪裡？」我出聲。

他回頭，輕輕一笑：「也快中午了，先去吃飯。」

「好。」

「對了。」他再度拿出手機，遞給我，「留妳的電話給我吧！比較好聯絡。」

「咦？」我沒料到他會跟我要電話。

「怎麼了？不是希望更了解我嗎？」他笑。

覺得他在戲弄我，我不禁鼓起臉頰：「薔薇大哥，你也沒回答我的問題不是嗎？」

「妳在我心上的位置？」

「……嗯。」我別開視線。

「其實我不清楚。」

「啊？」這敷衍的回答簡直不可思議。

「不過，我想在通訊錄裡輸入妳的名字。」他伸出手，在我的眼前輸入「花蝴蝶」這三個字，然後輕柔地說：「這樣就能提醒我，自己的生命有妳的存在。雖然，我似乎還不能把妳擺在什麼位置，但我……」

韋司宸傾身望住我，朦朧的笑意在我眼底漸漸清晰：

「會想起妳。」

我睜大眼。

「妳知道我是個祕密很多的人吧？如果想再更靠近一點，或許，我們都該有所覺悟。」

他不清楚我在他心上的位置。

但他，說會想起我。

薔薇大哥，我說你狡猾，大概就是這個意思了吧……

章三　愛我

薔薇大哥：

他說他愛我，他說他終於敢愛我了。
但我卻不敢問你，因為，我害怕答案。

01

「韋、司、宸……」

上完通識課，我走在校園裡，看手機通訊錄中的名字。這個人，也在我的通訊錄裡占了一個位置。我反覆唸著他的名字，才發現自己似乎沒有這麼叫過他。

如果有一天他也開口叫我「雪築」，不曉得聽起來怎麼樣？

我握緊手機，想平復無端紊亂的心跳。

總是說著引人遐想的話，卻不必對這些話負任何責任，韋司宸就是這麼狡猾。

但我，卻不討厭這樣的他。

我再度望向螢幕，彷彿想釐清什麼似的按下了通話鍵。那時候我才發現，原來自己緊張得連手心都在冒汗。

不過是通電話嘛！而且韋司宸在上班，也沒時間接吧？

沒過多久，這電話意外接通：

「喂？」他的聲音聽起來很遙遠。

「薔、薔薇大哥，你在忙嗎？」

「怎麼了？」

他這麼一問，我才想起自己其實沒事找他。我為什麼要打？這麼做，就能靠近他一點了嗎？像他這麼忙的人，肯定會覺得我在胡鬧吧！

「我只是想問……」我緊張地在原地踱步，好不容易才想到一個不算高明的藉口：「你還會來學校開會嗎？」

「除非後續有什麼問題，不然應該就那一次而已。」他似乎不明白我的動機。

「所以不會再來了嗎？」

所以，你不會再來學校找我了？

「還是，妳希望我過去？」他問。

聽見這話，我笑著掩飾：「沒有啦！你應該很忙吧？」

「今天是比較忙。」

「那就對啦！好了，你快去忙，我不吵你了。」

他沉默了一會兒，直到我尷尬地催促他掛斷電話，他才向我道別。

「掰。」

掰、掰掰，薔薇大哥……

真是的，我在做什麼啊？

莫名其妙地打過去問他會不會來學校，不就像小孩一樣嗎？

我幽幽地嘆了口氣。

「為什麼又要嘆氣？」後方傳來再熟悉不過的聲音。

我回頭，看見涂靖祐那張輕鬆的笑臉：「啊，你怎麼在這裡？」

「剛從工學院下課。」他指隔壁棟的大樓，然後問：「妳要回宿舍了嗎？」

「還沒吧。」這麼早回去也沒事做。

「好吧！我有點餓，原本想找妳一起回去，順便吃個飯。」

「那就下次吧？」

「不，我現在改變主意了。」他笑，「我們聊聊吧？」

他善意的眼眶還是讓我覺得溫暖。

我望向天空，隨意提起：「你也大三了，之後有要考研究所嗎？」

「有考慮過，但我比較想去國外。」

「你要出國？」

「嗯，我親戚在韓國開工廠。」

「之後要見面就比較難吧？」

他點頭，但又給我一個意味深長的笑容，「除非這裡有我非留下不可的理由。」

雖然沒有任何證據，但我想，他是在說我吧！

我避開他的注視，直盯自己在空中踢踏的腳，彷彿迷惘的心高懸不下。我想做點什麼來轉移注意力，但在手機螢幕亮起的時候，涂靖祐看到我的通訊錄停留在韋司宸的頁面，為此皺起了眉。

「感覺你們關係很密切？」他問。

我抬頭，緊張地否認：「沒有啦！只是這樣比較好聯絡。」

「但我懂那種感覺喔。」

「咦？」

他露出恬淡的微笑，也把他的手機拿給我看。我凝神一望，發現他的通訊錄停留在我的頁面。

「剛才下課本來想打給妳，怕妳在忙，所以就沒打了。」他說：「不過，這種心情我能懂，正如妳也想聽聽他的聲音一樣，卻又擔心會打擾對方。像這種執著，不需要任何回應也能做到，但是……」

他在這個只有我們兩個人的午後，以感同身受的心情訴說了像是「一個人」的話。

「如果一直都沒有回應，心還是會累的啊！不過雪築，這不是妳的錯，因為我……」他深吸一口氣，「因為我從來都不敢愛妳。」

「可以告訴我……為什麼不敢嗎？」我被他的溫柔語氣牽動，自己也問得像是雲淡風輕。

忽然，他的臉靠近，在即將碰到我的唇時停住了動作。

我呆在那裡。

「妳看，妳根本不會拒絕我。」他往後退開，彎起無奈的笑痕：「妳沒有戒心，又對人太好，這種人人平等的溫柔我怎麼敢愛？」

他留下這句話，便起身向我道別。而我還坐在那裡，像是被提醒了缺陷一樣，沉浸在難過情緒中。

我在這裡待了很久，直到天色漸漸變得昏黃才起身。

「你們會離開我，都是因為這樣嗎？」

彷彿細膩的回應，天空在這時候下起了雨。

我抬頭看，加快前進的腳步，卻發現我忘了帶雨衣。雨勢漸漸變大，不斷落下的水珠在坐墊上綿延成了一道細流，落在我的腳上。冰涼纖細的觸覺，隨身後一聲響亮的驚雷打進我的心裡——

有個人也身在這場雨中，一步步向我走來。

當他以西裝外套庇護我的那刻，我只想閉上雙眼，深深記住這繚繞我心的醉人香味。

「虧我把工作飆完就立刻趕過來，沒想到妳還是讓自己淋濕了啊！笨蛋。」

他的溫柔不同以往，是種夾雜慍意的，深刻擔憂。

02

「先回去休息吧！」

到了門口，韋司宸催促我進房。但我一言不發，沒有想回去的意思。

他看了過來：「還是妳想聊聊？」

我點頭。

「……進來吧。」他開門。

我坐在客廳，看他又像我們第一次見面那樣，拿著白色毛巾走過來。這次他直接用毛巾包住我的頭髮，深深看著我。

不久，他拿了吹風機出來。我想跟他拿，但他坐在我身旁，動作俐落地幫我吹起頭髮。第一次有男生幫我吹頭髮，這種溫柔的感覺讓我不太適應。

他關掉吹風機，隨意地撥了幾下我的頭髮。

「薔薇大哥，謝謝。」

「妳為什麼又淋雨？」

我不敢回頭，「我忘了帶雨衣。」

「但我看妳站在那裡一動也不動。在那種情況下，妳應該可以先到隔壁大樓躲個雨吧？」

「我在……想事情，一沒注意就變成這樣了。」

忽然，他將我的臉輕輕扳向他：「這不是很好的理由。妳看起來很容易生病，稍微淋雨可能就會發燒。我說妳，下次能不能照顧好自己？」

他的語調雖沉，卻能體會到深刻關切。我凝視他擔憂的模樣，發現他的情緒原來也有為我起伏的時候。為此，我感到深深慶幸。或許對他不好意思，但我真的這麼覺得。

於是，我揚起一抹笑。

「笑什麼？」他愣了一下。

「薔薇大哥好像是第一次這麼唸我。」

他蹙眉，「被唸妳還這麼開心？」

「不是開心啦！」我搖頭，試著讓他明白我的想法：「只是有一種……被人好好放在心上的感覺。」

聽了，他輕彈我的額頭：「改天，我帶妳去一個地方。」

「哪裡？」我一臉困惑。

「孤兒院。」他說。

他在說什麼？是要放生我嗎！

我完全跟不上他的思緒，直到……

這個週末，韋司宸真的把我「帶去」孤兒院了。

一進門，我看到很多小孩坐在巧拼上玩耍。這些孩子的年紀有大有小，但每個都好奇地望著我。韋司宸停好車，也跟著走進來，孩子們的嘴型十分一致——

「司宸哥！」

我瞪大眼，看著他們往韋司宸的方向撲過去。

「呵，你們有沒有乖乖的？」他摸了其中幾個小孩的頭，露出難得一見的寵溺微笑。

這麼說，韋司宸很常來這家孤兒院嗎？

「司宸哥，你怎麼這麼久沒來看我們啊？」

「工作忙啊！抱歉，我已經叫了麥當勞的外送，等一下補償你們。」

聽見這話，小孩開始歡呼。

這時，一個阿姨走過來，笑臉迎接我們：「韋先生，謝謝你又抽空來這裡跟他們玩。」

「不用客氣，我很樂意。」

「不過，這位小姐是……？」阿姨望向我。

「她姓花，是朋友，今天帶她一起來和小朋友玩。」

我連忙向她打招呼，她看起來也很高興，但目光在我身上停留了好一陣子，像是在猜測我跟某人的關係。

韋司宸拍了一下我的頭，笑說：「走吧？」

「嗯！」

他帶我去找一些正在畫圖的小孩，孩子們一見是他便衝上來迎接。看樣子，他很常陪他們畫圖。我坐下來看，有個小女孩好像對我的出現不是很滿意，指著我探問來頭。

幹嘛？她該不會長大想嫁給他吧。

「司宸哥，這姐姐是誰？怎麼沒告訴過我們。」小鬼頭開始捍衛婚姻。

韋司宸看了我一眼，「你們叫她蝴蝶姐姐就好了。」

蝴、蝴蝶姐姐？

我傻了，這不是幼幼台那位兒童界的女神嗎？但我對小孩沒轍，至少對這個小鬼頭沒轍。

她看起來更不爽了。

「喔！司宸哥，你怎麼帶她來了？」我覺得她想說的應該是「你怎麼有別的女人」才對。

「帶她找你們一起玩啊。」

「可是……」

韋司宸捏她臉，安撫她的聲音像是嘆息：「怎麼了？不行嗎？」

女孩臉一紅，「可、可以。」

真糟糕，韋司宸的粉絲又更死忠了。他這樣誘拐兒童真的好嗎？

「蝴蝶姐姐，幫我畫女生好不好？」有個小男生來找我。

我嚇到，「可是我不會畫畫。」

我的美術成績一向慘澹啊……

「拜託啦！」他眨了眨閃亮亮的大眼睛，像一隻可愛小鹿。

太、太可愛了！這怎麼能拒絕！

不想讓他失望，我硬著頭皮接過他手中的蠟筆。我根本不知道女生怎麼畫，只好把它當成自畫像，開始想像自己印在紙上的模樣。但是，畫完以後……

「姐姐，妳為什麼要畫草泥馬？」他天真地問。

聽了，我超怒：「這哪是草泥馬！給我看清楚啦！」

沒禮貌的小鬼！竟然說是草泥馬！到底是我畫得像草泥馬，還是我長得像草泥馬啊？說清楚啊你！

「姐姐好兇。」沒想到他居然淚眼汪汪。

喂，該哭的是我吧？

「草泥馬挺可愛的啊。」韋司宸戲謔地在我耳邊笑。

「薔薇大哥！這不是草泥馬啦！」

「哈哈哈……」他又笑了。

雖然很不甘願，但想到他這麼開心，也就算了。如果我能一直讓他發自內心地笑，那就好了。

「我來畫吧。」他接過我手中的蠟筆。

畫中的女孩擁有一頭及胸梨花捲髮，鑲在臉上的雙眼相當明亮。原來韋司宸不只長得像藝術家，骨子裡也真的是個藝術家。

「你怎麼什麼都會啊？」我不禁問。

他回頭看我，「我也涉獵一些香水瓶設計，畫點東西還是可以的。」

不、不是吧？我跟你說人，你跟我說香水？

把畫還給小孩，他朝我伸出邀請的手：「現在，我們去找另一位小朋友吧！」

我握住他的手，「誰？」

「『她』，是我帶妳來這裡的目的。」他說。

03

我對著那個女孩說話時，聲音沒有傳達到她那裡。

我困惑，但韋司宸漾著笑催促我前進。

走近長髮女孩，我再次向她打招呼：「嗨！」

她似乎發現我的存在了，慢慢地轉頭看我。脫俗的氣質，這是我對她的第一印象。並不是說她的外貌，而是這女孩給我的感覺。好像不論用什麼方式接近，都會有距離一樣。

這一點，和韋司宸有點像。

「小露，最近好嗎？」韋司宸蹲下身看她。

女孩聽了，對他露出笑容：「司宸哥！」

我們在小露身邊坐下，聽她說說自己的近況。小露是個活潑的小女生，不說話時卻又散發一種「懂事」的氣質，小小年紀，像是已經經歷很多事情。

「對了，如果不介意的話，要不要跟這位姐姐說妳的事？」

小露注視著我，「為什麼？司宸哥有什麼用意嗎？」

「因為她常常淋雨，我想讓妳告訴她不能這樣。」韋司宸彎起頗具深意的笑。

咦？要她告訴我不能淋雨？

小露理解，然後指著自己的右耳：「剛才，姐姐妳有跟我說話嗎？」

「一進來的時候有，但妳好像沒注意到。」

「那是因為……」她那「懂事」的氣質又出現了，拉出一道無形的距離：「我的右耳聽不見。」

「咦？」我睜大眼。

「這跟我的家庭有關，我說一個故事吧！我有爸媽，但他們不是很關心我，可能是因為他們也是被爸媽逼著結婚的。總之，他們從來不帶我出去玩，也不曾試著了解我的心情。所以我，從小就很寂寞。」

她清淡的語氣，不像是在說自己的事：「有一天，外面下起了大雨，那時候我突然想跑出去淋雨，覺得這樣做他們就會出來找我。可是我錯了，我在外面站了很久，也淋了很久的雨，直到在雨中昏倒，他們也沒有出來帶我回去。」

我聽著她的故事，彷彿也感受到了那場雨的孤寂。

「最後，我被路人發現，送去醫院的時候發了幾天的高燒。」說到這裡，她輕輕地笑了，「醒來之後，醫生說我右耳的神經壞死，再也聽不到了。」

她雲淡風輕的樣子，讓我不曉得該說什麼。這是個值得同情的遭遇，但她似乎不希望被人同情。我望著她，那娃娃瀏海下的一雙黑眸，我不經意地在其中發現了幸福的流光。

一種，滿意現在的幸福。

「但妳現在很快樂吧？」我說。

似乎對我的反應感到意外，她抬起頭看我，「嗯？」

「所以妳才能這麼輕鬆地說出這段過往。」我朝她露出善意的笑：「過去已經不會絆住妳的腳步了，是不是？」

聽了，她淺淺一笑，「嗯！那個路人就是這所孤兒院的院長，她後來收養了我，讓我每天都跟其他孩子玩得很開心。所以，我現在很快樂。」

見她說自己快樂，韋司宸也溫柔地隨著她笑。

「吶，司宸哥，唱首歌給我聽。」小露轉向他。

他愣了一下，「現在？」

「不是每次都這樣嗎？」她不解。

我奇怪地望向韋司宸，發現他露出了不自然的神色。

啊！是因為我在嗎？

「唱嘛！」她拉了幾下他的衣角。

韋司宸還是唱了，因為我們都很期待。就像我剛才硬著頭皮幫小孩畫圖一樣，每個人都有不擅長的事嘛！這樣的不完美，才顯得完美。

他的聲音很好聽，但生疏的樣子告訴我他不擅長唱歌。我自然地幫他接了下一段，這時候，韋司宸和小露身上原有的距離，彷彿也被和諧的音律融化了。

每個人，都有防備的時候。

但每一個人，也都有不再偽裝的時候。

我在溫柔的氛圍裡，看見了這樣的我們。

04

「女神誕生啦！女神！」

忽然，一陣騷動將睡死的我抓回現實世界。

嗯？誰誕生了？

小紫笑得燦爛：「恭喜！妳剛才當選了歌唱比賽的形象大使！」

我？我怎麼不知道！

「學校要我們在系上選一個有女神形象的代言人，應該是拿闖關牌或拍宣傳海報吧？」

「是怎麼當選的？我才不想！」誰要沒事找事做。

「剛才有人提名妳啊！無異議通過。」阿飛攤手。

「吼，誰啦？」

「不知道！誰叫妳要發呆？」他大笑，「反正這比賽是流音社主辦，妳也方便。」

「……」這不是重點啦！我一點心理準備也沒有！

根本沒人理我。

不過還好主辦人是涂靖祐，我應該可以麻煩他別叫我做太多事吧？「友情」千日，用在一時啊！

我開始思考要怎麼跟他撒嬌。

那天，我穿著白色洋裝退到後台，走到飲水機旁倒水喝。這時候，我聽見從舞台那邊傳來的歌聲，不自覺笑了。雖然這形象大使當得有點莫名，但能以另一種形式參加喜歡的活動也不錯。

「妳這次怎麼不參加？」涂靖祐的聲音從身後傳來。身為主辦人的他，臉上掛了滿滿笑意。

「當這什麼大使就夠累人了，哪還有力氣練歌。」

「妳不就只需要跑跑流程而已嗎？也才彩排一次！」

「哎，就讓大一的盡情玩嘛！」我調侃他，「你都已經大三了，還跟學弟妹搶名額。」

「我也不一定會得名啊！」

「我對你有信心。」涂靖祐的歌聲在學校可是數一數二！

他沒再多說，也跟著倒了一杯水。

我望著他，好奇問：「你什麼時候上去？」

「倒數第二個。」

「真後面！啊，你的過關牌是給我拿？」

「對啊！身為社長，黑箱作業了。」他刻意望向別處，語氣聽起來很開心。

我也不曉得該說什麼，只能給他鼓勵：「那，你一定要過關。」

「遵命。」他笑。

他很堅定，那是涂靖祐獨有的特質，我可能得花上好幾年才能學會。甚至，不確定自己是不是做得到。

「我去練歌了，妳也加油。」他拍了一下我的肩膀。

「好。」

「對了，雪築。」走到一半，他忽然回過頭。

「怎麼了？」

「妳今天很漂亮。」

回視他誠摯的目光，我笑了起來：「只有今天喔？」

「哎，妳明知道不是這個意思。」他揮了下手，「掰。」

我目送他的身影，在他離開時才斂下笑容。

有時候面對他的直接，我只能以輕鬆的話題應對，只因他的愛處在不敢前進的狀態。

我不能要他停止，因為他根本不打算前進。

我也不能忽視，因為這份情感深不見底。

「我該怎麼辦？涂靖祐。」我喃喃自語。

輪到涂靖祐上台時，我走出後台，拿著過關牌在一旁等待。

他今天穿得很帥，台風穩健，演繹的歌也是平常拿手的，最後零失誤地完成了這首歌。當他說「謝謝」的那一刻，我拿著過關牌走到他的身邊。他微笑接過，獲得了評審一致的好評。

因為時間關係，我還來不及去後台跟涂靖祐說恭喜，便又準備幫下一名參賽者拿過關牌。最後一位是大一學弟，他也是流音社的。我在旁邊等他將歌唱完，在聽見過關音效時拿著牌子走到他身邊。

這時候，學弟忽然拿著麥克風說：「藉由這個場合，我想和雪築學姊說話。」

我愣了一下，聽見台下傳來一陣騷動。

「請說。」評審點頭。

「這首歌，我是要送給雪築學姊的。」他望向我，略帶靦腆地說：「在流音社認識妳之後，就覺得妳親切又漂亮，也常常幫我們這些學弟妹的忙。今天透過站在台上的機會，我想說，我很欣賞學姊，所以希望……」

他深深吸了一口氣，才說：「希望妳能給我機會，讓我當妳的男朋友。」

此話一出，全場尖叫。

什、什麼？他喜歡我？

我整個人傻住了，臉燒得紅通通，腦袋一片空白。

「哇！同學很勇敢耶，我們美女形象大使要給他回覆嗎？」評審笑得很曖昧，還當場問我答案。

「不、不用現在回覆沒關係啦！」學弟似乎也覺得尷尬，連忙擺手。

「不用回覆。」

突然，一個堅韌的聲音介入了我們之間。

我詫異回頭，發現涂靖祐竟然從後台走了過來！

他的表情不是很好看，一接近我，拉住我的手臂就往後台走。

「喂！涂靖祐！」我想阻止他，「比賽還沒結束耶！」

但他已經離開舞台，一轉身便牢牢地搭住我的肩膀：

「妳想回覆他嗎？」

我覺得莫名其妙，「是沒有，但你這樣直接把我拉走不好吧？」

「妳應該對他沒感覺吧？」他又繼續問不相干的問題。

「涂靖祐！那不是重點！重點是你身為主辦人還做出這樣的舉動，大家會怎麼想？」

「我不在乎他們怎麼看。」

我第一次看見這麼不理性的涂靖祐，一時也不知道該怎麼辦。

嘆口氣，我說：「但我在乎啊！要是你被全校覺得很不負責任呢？」

「妳在乎我？」他又轉回頭，一雙明瞳炯炯注視我，「妳真的在乎我？」

「當然啊！」

「好，那我跟妳說，我涂靖祐現在敢愛了。」

「什麼？」

「我敢愛花雪築了，那妳願不願意跟我在一起？」

這個告白太突然，我來不及反應，便在他深深的目光下暫停了思考。

「看到連學弟都有勇氣在台上跟妳告白，我就覺得自己幹嘛去在乎那些有的沒的？反正我喜歡妳，這件事大家都知道，既然如此，我為什麼要再阻止自己的心？」

他的愛是義無反顧的煙花。

燃燒自己，溫柔綻放。

05

我反覆思索涂靖祐的告白，在接下來的日子裡完全亂了步調。關於我們的流言在學校迅速地傳了開來，之前涂靖祐在流音社否認喜歡我的說法，已經沒有人相信了。

在歌唱比賽向我告白的學弟，也減少去社團的次數，為的是怕遇見涂靖祐。我想，涂靖祐直接把我拉走，在那時也讓學弟的顏面全失吧！

我不曉得那場比賽最後是怎麼結束的，只知道所有人都用異樣的眼光看我們。

涂靖祐沒有為自己留後路。

而他，卻給了我選擇的權利。

「唉，大家都在看妳。」小紫瞄了一眼。

「畢竟還是太轟動了吧！」阿飛放下筷子，語重心長地說：「我覺得，靖祐學長比那個學弟還勇敢。」

「不管他勇不勇敢，結論是，你們紅了。」

我低頭，除了專心吃飯之外不曉得能做什麼反應。

「雪築跟學長本來就很紅了吧？」曉楓偏著頭，「我聽說很多人支持你們在一起耶！」

「為什麼？」

「記得你們上一屆的歌唱比賽有參加雙人組嗎？」她解釋：「那畫面看起來很和諧啊！感覺你們專長和興趣都相同，站在一起也挺登對的，所以大家才會這樣想。」

「所以說，雪築妳喜不喜歡學長？」阿飛好奇地問。

「我不知道。」我回得很快。

他傻眼，「我以為妳會想很久，竟然這麼快就給我一個敷衍的回答，妳真的有想過這問題嗎？」

「事實上，我覺得自己根本不知道喜歡人是什麼感覺。」

「騙人的吧？妳交過那麼多男朋友。」

「但就像你們說的，我總是很快就答應別人的追求，連自己有沒有喜歡對方都不知道。」

「既然不知道，那為什麼要答應呢？」

重點來了。這個問題，我自己也不確定答案。

但我想……

「我想，我只是希望能幸福吧！」

所以，我也會用盡一切的努力去回報這份愛。

他們沉默地看著我，一時之間也沒有人知道該說什麼。

想起來，我也是第一次和他們說這些話吧。

「雪築，我一直以來都覺得妳是個堅強的女生，長得漂亮、人緣又好，做什麼事情都很順利，不過……」小紫突然抱住我的手臂，認真地望著我，「這陣子我們都看到了妳的不安，才知道妳其實也有很多煩惱。」

「她的意思是，妳不像表面上那麼獨立、堅強啦！」阿飛笑了笑，湊上前拍我的肩膀，「總之，如果妳不開心，隨時可以找我們分擔。」

我望向曉楓，她也給了我一個笑容。

「好，謝謝！」我笑了。

「啊，靖祐學長在那裡。」曉楓指向另一桌。

我們隨她視線望去，涂靖祐正坐在那裡和一群朋友吃飯。下一秒，他一抬頭就看見我。他和身旁的朋友說了幾句話，便起身往這裡走來。

「要留給你們一點時間嗎？」阿飛問。

「謝謝。」

他們點點頭，便先去結帳了。

涂靖祐很快走來，向我打招呼後問：「這幾天妳有感覺到什麼嗎？」

「怎麼問這個？」
「就是……」他環顧四周，「好像有很多人在看我們。」
我無奈瞪眼，「這不是你害的嗎？」
他笑，一屁股在我身邊坐下。
奇怪，跟他在一起的感覺好像不大一樣了。胸口悶悶的，心跳很快，思緒也緩不下來。是因為那個告白嗎？
彷彿承受不了此刻迸流的感觸，他在即將看穿我的無措時又輕輕地別開了雙眼。
我們都不曉得該說什麼。
他在等我，而我在等我自己。
但我怕的是，最後誰也沒有等到誰。
「我這麼做，雖然不知道會不會讓妳困擾，但我要妳知道我是認真的。」他打破沉默。
「我知道你很認真。」
「所以，也請認真地回答我？」
「現在？」
「不一定是現在，但妳最好不要讓我等太久。」他扔下這句半帶威脅的玩笑話，「我朋友在等我，先走了。」

「嗯……」

「啊！雪築。」他又回頭。

「什麼？」

「我喜歡妳。」

這句話，害得我好不容易平靜的心又起了波瀾：

「這、這你不是說過了嗎？」不要把這種話掛在嘴邊啦！

「抱歉，但我怕以後就沒有機會說了。」

他的眼神很溫柔，卻彷彿看不見未來。我也是，我也不明白我們的未來。不過，有一件事情我很清楚。

「……謝謝你，謝謝。」

他八成看不出我連續道謝是為了什麼，只是笑著拍拍我的頭：

「幹嘛說謝謝啊？算了，我走了。」

他前進的背影不曾停止照耀，即使背對著我，我也能感覺到他是為了我向前。

謝謝你。

謝謝，你明朗的愛和溫柔。

06

我轉身上樓，聽見身後的腳步聲，像是有誰在那裡。韋司宸拿著裝滿玻璃瓶的購物袋，用平靜的雙眸望著我。

要不是認識他，否則我一定會被這深夜出沒的男人給嚇到。

「薔薇大哥，你這麼晚了還在這裡？」我走近他，發現那袋裝的都是酒。

「妳呢？一個女孩子深夜在外面遊蕩，很危險。」他不回答我的問題，卻先關心我的行蹤。

「我跟朋友去吃宵夜。」我沒把涂靖祐的名字說出來，或許，是因為對方才剛跟我告白。

他的目光閃爍了一下，「……跟剛才那個人嗎？」

咦？他又看到了嗎？

「上次他也送你回家，不是嗎？」他輕笑，卻帶有一絲酒後的魅惑。

「是、是沒錯……」我緊張，下意識解釋：「他是同社團的學長，我們是很好的朋友，所以——」

「為什麼要解釋呢？花蝴蝶。」

我一下子愣住，而他眼中盡是從容：「對我，妳不用解釋。」

因為對他來說無所謂嗎？也是，他根本不打算打破「鄰居」這層關係。

「嗯……」我刻意忽視胸口的悶痛感，目光一轉，又瞥向那袋酒，「啊，你喝這麼多酒，不好吧？」

「妳也見識過我的酒量，沒事的。」

「不是那個問題啦！」我皺眉，「酒對身體不好，你要多保護自己。」

說完，我才發現這句話似乎有點奇怪。一抬眼，他的表情似笑非笑。糗了，我怎麼會叫他保護自己啊？這句話應該由他來說吧！

被他看得不好意思，我索性豎起眼：「只是叫你多關心身體而已！」

「知道了。」他笑著經過我身邊，輕揉我的髮絲。

他總是這種態度。我覺得他冷漠時他對我溫柔，在我以為已經夠接近他時拉開彼此的距離。

韋司宸，你在乎我嗎？不然，為什麼要這麼關心我？

「花蝴蝶，那個學長喜歡妳吧？」他忽然說。

我的心臟撞了一下胸口，滿臉訝異地看他。我什麼都沒說，為什麼他猜得出來？

「那、那個……」

「不是嗎？」

我咬下唇，「是。」

「然後，妳讓他送妳回家？」

他的聲音很平靜，言語卻非常直接，我根本猜不透他的心情。我望著他，腦中忽然浮現那一天的事。

他似乎說過不希望我被別人送回家。

「薔薇大哥……你不高興了嗎？」

但他沒有。揚起的笑比平常更游刃有餘，像是在嘲笑我的多情。

「怎麼會？看來妳已經打算跨出下一步了，恭喜妳。」

「咦？」我錯愕。

「妳明明知道他喜歡妳，卻讓他待在妳身邊，不就是代表妳對他也有好感嗎？失戀很痛，但妳的確該往前走了。」

他的言語，透露了贊同我走向涂靖祐的訊息。

但他的堅決，也宣告了他載滿祕密的生命中不會有我。

沒有我。

我深吸一口氣：「謝謝你。雖然不知道怎麼做才是對的，但我會加油的。」

他點頭，和我一起上樓。我迅速將門打開，想逃離他的身邊，逃離讓我喘不過氣的他。

即將進門之際，我聽見韋司宸輕得幾乎要消散在空氣中的低喃：

「抱歉。」

我驚訝，看見他面露痛苦的側臉，而他用一扇純白的門結束這一切。

那是，動搖的徵兆。

我到底……

到底，想從他那裡聽見什麼答案呢？

那個夜晚我失眠了。

隔天，我光明正大睡死在桌上，直到小紫粗魯把我搖醒，我差點一巴掌過去。

又還沒上課，就算上課了我也要睡！幹嘛吵醒我啦？

「起床了！起床了！起床了！」

「小紫，我很睏耶。」

「不行！我要給妳禮物啦！」她將一個紙袋放在我桌上，「生日快樂。」

「生日快樂？」我的生日不是下下禮拜嗎？

「先給妳啊！不然我會忘記。」她雙手合十，「因為妳生日那天我家剛好要去祭祖，所以沒辦法幫妳慶生，不好意思。」

「又沒關係！我不在意這種小事。」

「那就好。」她一屁股坐下，又像是想到什麼：「對了，韋大哥會不會送妳禮物啊？」

聽她提起韋司宸，我笑說：「怎麼可能！他又不知道我的生日。」
「妳可以告訴他啊！」
「我告訴他幹嘛？討禮物也太沒禮貌。」
「好吧，我只是好奇他會送什麼禮物給女生。」她托住下巴。
「也不關我們的事吧！」
是啊，從來就不關我的事。
他雖然很關心我，但根本不把我當成戀愛對象。這一點，在他鼓勵我跟涂靖祐在一起時我就已經知道了。
就算有好感，也早就被他拋在腦後了吧？不然他怎麼會向我道歉？
「也是啦！畢竟也只是鄰居，那種事情妳也不會知道。」她同意。
是啊，只是鄰居。
可是，我的眉卻不自覺揪成了一團。

07

上經濟課時，我在最後一刻進了教室，卻發現沒有半個人。我疑惑地拿出手機，想問曉楓是不是換教室上課了。

忽然，身後傳來一聲響亮的吶喊——

「生日快樂！」

我嚇了一跳，發現我們班的同學一個接一個從門口走進來，邊拍手邊唱生日快樂歌。我被這樣的驚喜逗笑了，在他們逐漸圍住我的時候，我很開心，但又有一點難為情。

「謝謝你們！哎喲，我不知道要說什麼了啦！」

「那就哭一下吧？」阿飛推了一下我肩膀。

「我才不會哭！」

我笑著追打他：「喂！老師呢？不會就這樣不用上課了吧？」

「我在這。」

經濟老師居然從講台那邊站起來，我目瞪口呆。

「今天一早他們就叫我先躲起來，我還以為發生什麼事了，原來是要給妳驚喜啊！妳知道我腳蹲得好痠嗎？好啦，同學生日快樂喔。」

我受寵若驚，「對不起！謝、謝謝老師！」竟然還讓老師屈尊躲在那裡，我好怕經濟被當。

「老師，她學號五十九喔！」阿飛飄過我們面前。

「喂！欠打啊！」我一拳打過去。

後來，下午沒課的我提早回到宿舍。生日這天，阿飛他們沒有特別找我去哪裡，我雖然覺得有點奇怪，但也沒有太在意。上樓時，我聽見急迫的腳步聲，頭一抬才發現，原來韋司宸正急於衝下樓。

又遇見他了。

「薔薇大哥，你今天又沒上班了？」

「我只是回來拿東西，現在又要去了。」他有那麼一秒是深深凝視我的，那個樣子像是有什麼話要說。

我想問他是怎麼回事，但他別開的視線讓我卻步。

「我先去上班了。」說完，他快速走下樓。

「薔、薔薇大哥！」

韋司宸在轉角的階梯停住，往上一望，那深不見底的黑潭，頓時止住我想坦白的衝動。

薔薇大哥，今天是我的生日。

你知道嗎？

「沒事，你趕快去上班吧！加油。」最後我還是沒說。

「好。」他笑著離開。

其實，我發現自己比想像中更介意他的一舉一動，比想像中更希望他能了解我的一切。

如果不認識他的話，就不會感到失望了吧？

因為他只把我當成鄰居啊。

傍晚，我接到郵差的電話，說有一個包裹要我簽收。我很疑惑，我根本沒有網購的習慣。該不該拿呢？聽說最近有這種詐騙手法，會騙人簽本票。

算了，我還是很好奇那是什麼，搞不好是生日禮物！

一下樓，年輕的郵差站在那裡等，抱著一個紙箱要我在上面簽名。

我湊向前，想看清楚寄件人的名字，卻有一陣冰涼的觸感襲上我整張臉——

「哇啊啊啊啊啊——」

我大叫，眼前白茫茫的一片。

「哈哈哈！祝妳生日快樂啊！」

周遭傳來瘋狂爆笑，我這才意識到自己被刮鬍泡砸了滿臉。我將眼睛周圍的刮鬍泡抹掉，笑著朝那些人大罵：

「你們太狡滑了啦！哪有人這樣的！」

郵差是阿飛扮的，他將刻意壓低的帽子拿掉，指著我大笑：「不這樣怎麼整得到妳？妳可是冰雪聰明的花雪築耶！」

「你也別想逃啦！」我用頭上的刮鬍泡抹了阿飛一把。

他笑著跳開，躲在其他人的後面。我一望，才看清楚原來在現場的人除了我們班的同學之外，也有流音社的社員。雖然我被他們砸得非常狼狽，但一看見這麼多人「埋伏」在宿舍樓下要替我慶生，高興還是勝過一切。

於是，這群人浩浩蕩蕩地進了我房間，我稍微把自己弄乾淨之後，跟他們圍成一圈。

「小紫不能來真是太可惜了，不然我也很想砸她！」阿飛嘆了口氣。

「你幹嘛？嫌她平常一直嗆你？」

「如果是那樣你應該全班都要砸吧！」班代笑著吐槽他。

「喂！」

我也跟著笑。阿飛被眾人圍剿的氣氛明明那麼白癡，我卻在下一秒聽見一點也不搭的悅耳歌聲。

我轉頭，瞪大雙眼。

「祝妳生日快樂……祝妳生日快樂……」

涂靖祐端著蛋糕走到我面前，在我驚喜的目光中大聲笑了。

「你、你也來了啊？」

可是，我記得跟他去吃宵夜時他明明說今天要去韓國工作。

「妳的生日我怎麼可能缺席？」

「你不是去韓國了嗎？」

「是啊！但我提前回來了，想給妳一個驚喜。」

我呆呆地望向其他人，發現他們也用一種早就明瞭的眼神望著我。

「真是的，你們今天太狡猾了啦……」我搗嘴。

「哇，終於要哭了嗎？」

「我才沒有要哭！」我把淚意吞回去，開始盤問他：「可是，你韓國那邊的事還沒忙完吧？」

「是啊，剛才被我叔叔打國際電話罵了一頓。」

「你是擅自跑回來的？」

「不像嗎？」結果他笑得很燦爛。

我打了他一下，「你也太胡鬧了吧！真的要幫我慶生的話可以改天啊！惹你親戚生氣怎麼辦？」

「但是……」他溫柔地降低音量：「妳比較重要嘛。」

我為他的不諱言感到難為情，卻也感覺到自己是深深被他放在心上的。

如果能跟這樣的他在一起，一定每天都很幸福吧？

如果能……

08

直到晚上十一點多，他們才起身說要離開。我向所有人道別，只有涂靖祐留了下來，說要幫我收拾環境。

「哎，我來收就好了啦！」我拍他的肩膀。

「妳是壽星啊！」他轉頭，「去坐著休息吧，我很快就整理完了。」

「至少也讓我洗個杯子。」我笑著拿走幾個馬克杯。

把杯子都清洗乾淨了，我看著鏡中的自己，在臉上發現了疲態，我很清楚不是因為這場生日會的關係。涂靖祐一定正努力地幫我打掃環境吧？他還從韓國特地趕回來幫我慶生，替我做了這麼多事。而我，卻連一句回答都不肯給嗎？

我不希望讓他繼續等待，卻也自私地期望自己能幸福。答應他之後，我會得到幸福嗎？我猶疑不定的心會不會在未來傷害他？

這些疑慮，我沒有答案，也不確定自己是不是還在等待。

我走出浴室，望向牆上的時鐘。十一點五十八分，快要過十二點了。

還在等什麼呢？

「涂靖祐，你收……咦？」

桌子已經被整理得乾乾淨淨，但涂靖祐坐在沙發上睡著了。

他這麼累嗎？

我靠近他，觀察他熟睡的容顏。他的睫毛微微顫動，鼻息輕柔地撲在我臉上，像是他一直以來對我的溫柔。

「涂靖祐。」我輕聲叫他。

他輕輕地動了一下，接著睜開眼。一看見我的臉，他露出微笑：

「……我睡著了嗎？」

「你很累嗎？」

「我昨天沒睡，想把韓國那邊的工作趕完，最後來不及做完就飛回來了。」他搔搔頭，「唉，難怪我叔叔這麼生氣。」

我不說話，靜靜地望著他。

他稍微坐起來，張望四周後說：「啊，也整理得差不多了，我先回家吧。」

「好。」

涂靖祐伸了個懶腰，便往門口走去。我站在他身後，凝望他離開的身影，那瞬間，有個念頭衝進我腦海——

再怎麼深愛，得不到回應還是會寂寞吧？

「涂靖祐！」

「什麼？」他回頭。

「你喜歡我嗎？」

聽了我的問題，他像是摸不著頭緒，面露疑惑：「妳不是早就知道嗎？」

「你喜歡我嗎？」我又問了一次。

他感受到我的認真，唇邊的笑意漸漸斂了下來：「嗯，我很喜歡妳，比妳想像中還要喜歡。」

我抬頭一望，指針顯示十二點整。

生日過了，等待的心也熄滅了。

「那我……」我走向前，來到我不想再逃避的他面前，「我答應你。」

「什、什麼？」他似乎覺得自己聽錯了。

「我願意跟你在一起。」

此話一出，就代表我不能再猶豫。

涂靖祐什麼也沒說，上前將我緊緊抱住。我感受得到他顫抖的喜悅，彷彿他還不能置信我的決定。但是，當我也輕輕回抱他時，他才像是稍微放下心地在我耳邊吐出一聲嘆息。

「我不知道讓妳做這個決定的原因是什麼，但妳既然給了我機會，我就會盡全力讓妳幸福。」他的言語，是不容質疑的認真。

我能相信他吧？相信他不會再像那些人一樣，用同樣的理由離開我。

我輕輕推開他，彎起笑，「但你現在還是要回家！」

「我知道啦！」他也笑了。

他深深地注視我，在這個轉變關係的夜晚，帶著滿臉笑容離開。我不曉得這個決定是否太過倉促，但我希望自己不要再用時間傷害他。

忽然，我的手機響了。我的心臟猛烈跳了一下，連忙走向放在沙發上的手機。

我連來電的人是誰都沒看就接起來，「喂？」

「雪築，雖然十二點過了，但還是祝妳生日快樂。」是小紫的聲音。

啊，是今天去祭祖的小紫。

「謝謝妳，今天順利嗎？」

「很順利啊！但沒幫妳慶生真的很可惜，我知道妳一定被砸得很慘。」

「下次妳生日我一定也會讓妳變成那樣。」

「不要這樣啦！」她大笑。

我們隨意地聊，後來她像是想起什麼：「對了，今天我們家在祭祖的時候，我在那邊看到了一個人。」

「誰？」

「韋大哥。」

我愣了一下，「他也去祭祖？」

「不像是祭祖耶！他身邊只有像爸媽的長輩，他們似乎是在祭拜一個人的樣子。」

是在祭拜誰呢？

「而且，他的表情看起來很痛苦。」小紫又說。

聽了，我的心也隨著那樣的韋司宸變得沉重。他還是一樣總把悲傷藏在心裡吧？明明下午還跟我說要趕去公司，竟然有這種令人難過的事糾纏著他。

我都還沒問清楚細節，門鈴卻在這時響了。

我望向門，彷彿能感覺到站在另一面的人是誰。

「小紫，我先掛斷了。」

「喔？好，再見。」

掛上電話，我用最快的速度衝向前，並將門打開——

是韋司宸。

是他，沒有錯。

「嗨，花蝴蝶。」他露出笑容。

此刻的他，臉色看起來比前幾天更糟了。他的短髮凌亂，雙頰也消瘦了一些，黑眼圈更是深得嚇人。

他怎麼會變成這個樣子？一向優雅從容的他，怎麼會把自己搞成這樣？

「唉，虧我趕了一整天，還是趕不上這無情的十二點整。不過，不管妳睡了沒有，我還是得敲妳的門，然後跟妳說一句——」

「……生日快樂？」我的聲音顫抖。

「是啊！」他笑，拿了一個精美的提袋給我，「生日快樂，花蝴蝶。」

章四　別人的女孩子

薔薇大哥：

我喜歡他，可是，想見你似乎沒有理由。

成為別人的女孩子，會不會比較輕鬆？

01

我呆呆地接下那個袋子，不知道該怎麼處理波濤洶湧的情緒。往袋子裡一看，那是一系列的美妝用品及香水。

「這不是我隨便挑來送妳的喔！」他拿出袋子裡的一本ＤＭ，「妳自己看看這系列的介紹。」

我接下那本柏莎的ＤＭ，輕輕地翻開第一頁。忽然，我發現這系列的名字竟是——Butterfly。

「蝴蝶？」

「這是為妳推出的新系列。其實我前陣子就在策畫了，但我上次偶然聽見妳學長說今天是妳的生日，所以我趕工在今天推出Butterfly。最後拖到了晚上啊！不然我下午就可以拿給妳了。對了，這是第一批商品喔，明天才會在市面上販售……咦？」

他第一次興高采烈地說了那麼多話，卻在看見我的眼淚時止住了聲音。

「花蝴蝶？」他伸手想碰我的臉。

我往後退開，拒絕他的碰觸。

他愣住。

「薔薇大哥，你今天去的地方不只是公司而已吧？」

聽了，他沉下雙眸，「妳那位朋友告訴妳了？」

「她還告訴我你看起來很痛苦。」我邊流著眼淚邊說：「你工作明明就很忙，還有這種事要處理，為什麼還趕著給我禮物？你把自己搞得這麼累，我看了也……」

也覺得心像是被狠狠撕扯。

「的確有很多事要做沒錯，但是……」他朝我走近一步，在我沒有抗拒的情況下，輕捏我的臉頰。那瞬間，斗大的淚珠又落了幾滴。「妳這種感動的可愛模樣，我更想看到啊！」

「為什麼是想看我這樣子啊？太奇怪了！」

「當然不是這個原因。」他被我逗笑了，「非得要我講真心話嗎？狡猾的花蝴蝶，那些事情和妳比起來，當然是妳比較重要，懂了沒？」

「你才狡猾！」我忽然覺得講什麼都無所謂了，毫無保留地向他控訴：「明明要我答應涂靖祐，現在又對我這麼溫柔。你到底想做什麼啊？為什麼我都搞不懂你！」

他大概沒想過我會這麼激動，頓時安靜下來。我注視他堅毅的臉孔，想從他的神色中找出蛛絲馬跡，卻在猜測到他真正的心思之前，發現他逐漸渙散的目光——

韋司宸無預警地往前一倒，壓向我來不及反應的身軀。

「哇啊——」

被壓倒在地的我，緊張地出聲叫喚：

「薔、薔薇大哥？」

他沒有回應。

而我被困在他寬闊的胸膛，動彈不得。我叫了他好一會兒，他才用低啞的嗓子回應我：

「抱歉，我有點累了。」

有點？都倒在我身上了怎麼會只是「有點」？

「薔薇大哥，你幾天沒睡了啊？」

「……大概三天吧？」他似乎也記不太清楚，抬起渙散的眸子望著我，「抱歉，我這就起來。」

「等等！我扶你！」

但我的力量卻不足以將這個男人扶起來，只能暫時讓他坐在門邊休息。

「你為什麼不好好休息？禮物就算晚幾天給我也不會怎樣啊！」

韋司宸靠在牆邊，對我露出一抹疲憊的微笑，「不是當天就沒有意義了。」

「但我會擔心你嘛！而且你真的沒有必要……」

沒有必要對我這麼好。

「我懂。」他忽然說。

「什麼？」

「我問妳，如果妳心裡有一個在乎的人，但妳注定不能和他太靠近，那樣的話，妳會怎麼做？」

我回視他渴求答案的目光，像是懂了他的意思。

「我……」我會怎麼做？

他深沉的視線擭住了我，同時也讓我在一瞬間看清了他薄弱的意志。

你也不知道該怎麼做吧？薔薇大哥。

「我還是會和他好好相處，而不是選擇避開他。」

「為什麼？」

「我想讓那個人明白我的在乎。」我望向他，「就算什麼都不能做，只能遠遠地看著他，我也不想漠視心裡的感受，更不想讓他覺得我一點也不在乎他。更何況，遠離他讓彼此都痛苦，不是嗎？」

他微笑，「妳怎麼能確定他不會因為你的離開而快樂？」

「因為我知道他也在乎我。」

他愣了一下，彷彿明白我藏在話中的訊息。

「他也在乎我，是吧？」

「就算承認，也改變不了什麼。」他抿住雙唇，伸出溫柔的手，「但是，在妳答應學長的告白之前……就在我身邊多撒嬌幾次吧？」

韋司宸將我擁入懷裡，或許是累了。但那不重要，重要的是，我已經不能再接受他的擁抱。

我不願愧對另一人，儘管韋司宸什麼都還不知道。

「薔薇大哥？」

回應我的，是一聲聲沉重鼻息。

「……睡著了嗎？」

卸下防備的韋司宸，終於讓我見到了嗎？但我，已經沒有在他身邊的資格了。

我起身，把棉被和枕頭從房間拿來將他安頓好，便坐在門口，也跟著睡著了。

隔天醒來時，韋司宸已經離開了。他照往例留了一張紫色便利貼，放在枕頭旁邊。

『花蝴蝶：不要隨便在男人旁邊睡著。還有，連棉被都不蓋，真欠揍。』

他第一次用這種不符合他形象的話教訓我。我望著那行漂亮的字，不自覺彎起嘴角。將那張便利貼撕起來之後，我發現背面還有字。

『不知道粗心的花蝴蝶會不會發現背面有字？如果發現了，就當作沒看見吧！我只是想說，妳睡著的樣子真可愛。』

怎麼可能當作沒看見？

他雖然覺得自己不能改變什麼，但這種不經意的字句總會讓我的思緒大亂。

我抿緊雙唇，在不斷重播的回憶中感到胸口發疼。

02

過了週末，我到學校去上課，第一次以「女朋友」的身分面對涂靖祐。

「學長來找妳了耶！」小紫推推我。

我看見了：「那我先去社團了，明天見。」

阿飛面露疑惑地打量我。

我注意到他的視線，奇怪地問：「怎麼了？」

「怎麼覺得他看起來不一樣？妳好像也有點緊張。」

「哪、哪有啊？」

「該不會在一起了吧？」他小心翼翼。

小紫大聲嚷叫：「什麼？妳跟學長在一起了？」

我一驚，上前摀住她的嘴，「小聲一點啦！」

來不及了，有很多人聽見了。

「咦？真的在一起了嗎？」

「是沒錯啦……」我也只能承認。

我並不是不想承認和涂靖祐的新關係，只是還不習慣而已。

「好啦！恭喜你們，不過妳看起來還是比一般人冷靜，不愧是身經百戰的女神。」

「什麼鬼？」我白他一眼，「不理你了。」

把阿飛扔在腦後，我都還沒說話，就被涂靖祐牽住了手。愣了一下，我抬頭看他。

「幹嘛用這種眼神看我？可以正大光明了，妳說我會不想快點牽妳嗎？」

「牽就牽，不用說這種話啦！」

「妳是不是在害羞啊？」

我回頭瞪他，「並沒有！」

「哈，抱歉，忍不住就想逗逗妳。」過一會兒，他在笑意漸斂時以認真的目光向前望去：「或許是想提醒自己這不是場夢吧？」

他不確定的語調讓我困惑。

像是明白我心裡所想，他解釋：「我對妳接受我的原因還不是很明白。不過我並不想知道，只想確定妳答應我這件事是真的。所以我，想提醒自己這不是夢。」

「可是我的確喜歡你這個人。」我說。

這份心情是真的，我從來不曾欺騙過自己。我喜歡他的笑容，喜歡他給人的感覺，也喜歡他始終如一的溫柔。

所以我答應他，想試著相信他能給我幸福。

「那妳……」他像是有什麼話要說。

我們望著彼此，誰也不能確定心裡真正想說的話。這陣沉默，直到他對我露出寬慰的笑才停止。

「沒什麼，反正我們一起努力吧！」

他不能控制我的心，正如我也無法正視心頭的顧慮。所以我們只能努力了。像這樣，試著努力向前走。

涂靖祐幾乎每天都送我回宿舍，有時候會在我房間待一下子，但沒多久就會離開。阿飛對這點非常不解，老是覺得涂靖祐這個人太過君子，簡直不像男人。

「你們是大人了，之前也都交過男女朋友，但學長還這麼守婦道，真是出乎我的意料。」他摸著下巴。

什麼婦道？他才是邪魔歪道！

「誰像你一肚子壞水？」我瞪他。

「喂，不能這麼說啊！不管怎樣學長還是太溫柔了吧？面對妳這種女生，竟然連壞念頭都不會動一下，真稀奇。」

我懶得聽他講這些，把一本要借他的筆記丟在他臉上，便甩頭走出教室。

「難怪你交不到女朋友。」在走遠之前，我面無表情地說。

「妳好過分——」

涂靖祐剛好也到了教室外面，他困惑地問：「妳對他做了什麼？」

「沒什麼，只是闡述事實而已。」我對他笑，「走吧！」

他半信半疑，還回頭看了一下阿飛。沒想到，阿飛居然對他做出了一個「親吻」的動作，然後擠眉弄眼地指向我。

我一看，頓時紅了臉。於是我把涂靖祐拉走，加快腳步離開。在途中，他不說話，像是在思考什麼。

「幹嘛？」我看他。

「只是在想他說的事情。」

該、該不會是說那個動作吧？我蹙眉：「他的話你根本不用在意啊！」

「可是這件事我也挺在意的。」

「什麼？」

涂靖祐停下腳步，傾身捏住我的臉，「雖然我也像正常男人那樣心急，但總覺得要更珍惜妳才行。所以說，一切順其自然吧！」

他的宣言，讓我覺得更不好意思了。這種事情沒有告訴我的必要啦！

「這是你珍惜的方式嗎？」

「因為我要尊重妳的意思啊！不過當然不只這件事而已，我的珍惜，妳以後會體會到的。」

我望著因為這份溫柔而耀眼的他，忽然覺得自己也被賦予了使命。我也要，好好珍惜他才行。

03

回到宿舍，我邀請他上樓喝茶，進門前，他停在陽台，招手要我過去。

「從這裡可以看到很多人來來去去的樣子。」他說。

我笑著看他，「每個陽台都是這樣吧！」

「也是啦！不過我還是很喜歡看。」

「為什麼？」

「他們都有不同的目的地，卻在同個時間經過這裡，不覺得是種緣分嗎？雖然可能什麼事都不會發生，但至少他們有過相遇的機會。」

「怎麼突然想這些？」

「我最近一直在想妳和我的緣分，還有妳和……」他沒說完，卻看了一下身後那扇門。韋司宸家的門。

我佯裝輕鬆地問：「你很在意他嗎？」

「我看得出來妳對他的依賴，怎麼可能不在意？或許這種依賴只是類似兄妹的情感，但我還是會忍不住多想。」

「讓你擔心這麼多，不好意思。」我斂下眸。

他意外我會道歉，「又不是妳的錯！總之，我會更努力的。」

但是，涂靖祐……

要努力的人，是我才對。

「好了，先進屋裡去吧！」

我點頭，拉著他往門口走，眼角卻在此時捕捉到一抹瘦削的身影。

「薔薇大哥……」我出聲。

韋司宸的臉色看起來比前陣子好多了。但他那雙瞳，卻在注視我們相牽的手時變得沉鬱。

我跟涂靖祐的手牽在一起。他……他知道了吧？知道我再也不能窩在他身邊撒嬌了。

「下課了啊？」

「下課了。」我回答：「你也下班了嗎？」

「對，今天比較不忙。」他維持笑容，走過我的身邊，「那我先回去了。」

「……好。」

他果然什麼都不說啊！這樣也好。

「花蝴蝶，新的香水用得習慣嗎？」

我猛然轉頭，看他輕佻側臉流瀉的挑釁。優雅，卻又刺眼。

「香水？」送我的那些嗎？

「其中那瓶蝴蝶蘭我覺得很適合妳。啊，升級版的薰衣草香水，可以讓妳更好入眠。順帶一提，彩妝也是我觀察妳的膚質後下去研發的，妳用起來一定很適合。」他的言語滔滔不絕，涂靖祐的臉色逐漸變得沉悶時，韋司宸又補了一句：「對了，妳跟我要過薔薇香水吧？我還是不能給妳，但是，可以讓妳來我家用。」

「去你家用？」

「如果花蝴蝶想沾惹薔薇的香味，就來吧。」

「你說這些到底有什麼用意？」涂靖祐說話了，他的神情明顯不悅。

會不高興也是當然吧！為什麼韋司宸明明知道我已經答應涂靖祐了，還要說這些話來惹他？

「這個嘛……」韋司宸思索了一下，再度對他露出微笑，「我也不知道。」

不知道？

「你不知道？」涂靖祐提高語氣。

「或許我就是個矛盾的人吧！」

韋司宸斂下眉，不能說明的心事讓我一望就望進了心底：「明明知道不能前進，卻還是伸手拉住對方，讓她不知所措地回頭看。花蝴蝶，這樣的我很狡猾吧？」

我不能說他狡猾，還會被他牽動的我也好不到哪裡去。

「雪築，回去吧！」涂靖祐將我往他的方向拉了一把。

「花蝴蝶，妳不回答我的問題嗎？」韋司宸也走近幾步。

「我……」

三個人，三種態度，卻同時站在一條界線上。

忽然，一陣天搖地動，讓這條界線在瞬間崩毀了——

「地、地震嗎？」

我慌忙地張望，被搖晃的力量震得跌坐在地上。恐懼中，我抓住了一個人的手，下意識將所有的不安投向了那個懷抱。

他是安全的避風港，隨時都在那裡等著我。

另一個他卻是茫茫大海中的浮木，讓我用盡全身的力氣，只為牢牢擁住不可能獲得的希望。

地震停了，我仰起頭，在那瞬間聞到了一陣濃郁的薔薇香。

04

那個週六，我把自己關在宿舍，暫時不讓涂靖祐來找我，也不去打擾韋司宸的生活。我試圖讓心冷靜下來，也試著讓自己不再多想。

那是意外，我在地震時下意識抓住韋司宸……那只是意外。

我這麼告訴自己。

買早餐時，我在樓下看見一個陌生的身影。那個人壓著帽簷，穿了一身輕便的休閒服，讓我聯想到前陣子在公司變裝的韋司宸。

那是他嗎？

下一秒，那個人發現了我。他似乎想和我說話，卻在聽見開門聲時將我拉到了牆柱後面！

「哇啊——」

「噓！」那個人示意我不要出聲。

他很有威嚴，我乖得跟狗一樣，不敢講話。過一會兒，我看見韋司宸走出大門，並沒有發現我們。

等他稍微走遠，我才正色問：「請問你是誰？」

「雪築小姐，妳還記得我吧？」他拿下帽子，露出一張略有年紀的笑臉。

「伯、伯父！」居然是韋司宸他爸！

怎麼他也愛變裝啊？這一家人真的是！

「先別說話，司宸那小子要走了，我們快點跟上。」

「伯父，您到底想做什麼啦！」我只好無奈地追上去。

韋司宸沒開車，徒步走在附近的街上。我和伯父默默跟在後面，我十分不解地問：

「伯父，您在跟蹤他嗎？」

「這不是跟蹤，只是想了解一下兒子假日在做什麼。」

那、那不就是跟蹤嗎？

「為什麼要找我一起？」

「剛好看到妳在那裡，就拉妳一起來了，不介意吧？」他居然才問我介不介意，所以我現在可以退出嗎？

「呃……」

他也不管我，「這樣妳也能更了解他！妳應該對神祕的司宸蠻有興趣的吧？」

這種說法讓我啞口無言。我是想了解他，但一定要用這種變態的方式嗎？

「您該不會常常這麼做吧？」我小心翼翼。

聽了，他揚起和韋司宸如出一轍的笑容。

不要問，我一定會怕。

韋司宸走入一家美妝店，我不知所措地望向伯父。

「走，我們也進去吧！」

等等，您確定不會被精明的韋司宸發現嗎？

我忐忑不安地跟在伯父身後，他總是知道躲在哪裡才不會被看見。我猜他一定很常跟蹤韋司宸，薔薇大哥好可憐。

「他在買香水。」

我發現他正在瀏覽自家的香水，疑惑地問：「伯父，他為什麼要買柏莎的香水？你們公司不是有一堆了嗎？」

「這就是他的習慣。」伯父笑了，「他喜歡到其他通路買，聽說是為了了解顧客的感受。」

我似懂非懂，他又補上一句：「不過這是他自己說的，我覺得他這樣很白癡。」

白癡？我睜大眼，意外有人會用這種字眼形容韋司宸。

不愧是他爸……

韋司宸拿起一個花狀瓶身的香水，將它牢牢握在手裡。

「啊，又買了那瓶。」

「什麼？」

他頗具深意地望著我，「薔薇香水。」

那就是韋司宸身上香味的來源嗎？那就是，他不願讓我碰觸的禁地？

「明明是一瓶普通的薔薇香水，為什麼對他來說好像很重要？」我說出內心的疑惑。

「每個人的心中都有一個別具意義的東西。」他回答我，卻讓我更不解了：「但他的代表痛苦。」

「什麼意思？」

「他沒跟我說過，但我猜是為了讓自己不要忘記那種痛苦吧。」

「怎麼會有人不想忘記痛苦呢……」

韋司宸後來只拿了那瓶香水就結帳了。我們先一步溜出去，在附近觀察他。

「接下來……」伯父望著韋司宸的背包，心情看起來很不錯，「這傢伙帶了什麼東西，準備去哪裡呢？」

我也猜不透他會去哪裡，畢竟我對韋司宸的休閒活動一無所知。但最後，他竟去了我完全沒想過的地方——

「游泳池？」

「哎，他還記得要運動啊。」伯父從容地走了進去。

沒想到韋司宸的休閒居然是游泳？

忽然，他展露身材的養眼畫面閃過我腦海。

「那真是好吃。」

伯父回頭看，「妳說什麼？」

「……我是說，游泳真是好事。」

「那當然啊！走吧。」

「知、知道了！」我掌嘴，才匆忙地跟了上去。

稍微等了一下，我才看見韋司宸從更衣室走出來。他走過玻璃窗前，在淺藍色的泳池邊悠閒徘徊。正午的陽光透過窗子折射進來，打亮了他愈發耀眼的臉龐。他慵懶地仰起首，讓那道光線自他堅挺的鼻尖鑽過。

他還是一樣。即使有距離，也能用他的獨特貼近人心。

然後，被擄獲的人，再也無法逃脫。

05

「嘖，年輕時我也這樣風流過。」伯父喃喃。

我看向伯父，發現他眼裡躍動的神采。他也曾年輕過，像韋司宸一樣總是成為全場焦點。一定是這樣吧！在那個年代。

「沒看到那些女人都在看他嗎？我跟他媽把他生成這樣真是罪過。」他雖然這麼說，但表情看起來很驕傲。

伯父突然指向樓梯，「去二樓的看台吧！」

我點頭，跟著他走上去。我們透過玻璃觀察在水中優游的韋司宸，一邊看，伯父一邊跟我講他的事。

「他從小就是個精明的孩子，太聰明了，有時候還真不討喜。」伯父開始回憶當年，「我還是經理的時候，他才十幾歲，就能從我的專案中挑錯。有時真覺得很沒面子啊！不過，他總能看見我沒有注意到的細節，也算是幫了很多忙。現在我幾乎把整個公司都交給他了，妳看，他不是經營得很好嗎？真是一個讓人驕傲又忍不住忌妒的兒子啊！」

「那也是伯父您教得好嘛！」

「妳這孩子真會說話。」他跟著笑，卻慢慢露出擔憂的目光。「唉，但聰明的人會不會太明白應該做什麼，而忘記自己想做什麼？」

覺得伯父意有所指，我問：「您是指什麼事？」

「很多事都是這樣啊！」他望向我，語調意味深長，「我並不認同他的理智。說到底，這只是他另一種失控的方式。活在過去的人，是不會有明天的。」

「我雖然不明白是什麼事，但伯父您一定勸過他了吧？」

「那當然！如果他聽得進去，我還會希望妳成為他的救贖嗎？」

「我可以嗎？」我覺得很迷惘。他根本不讓我了解他的過去，要怎麼救他？更何況，如果在成為他的救贖之前，必須先成為他身邊的誰……

我已經沒辦法做到了。

「我也不確定，但司宸對妳絕對是特別的。我希望妳能試著多接近他一些，就當是幫我個忙，妳願意嗎？」

「我很願意讓他不再那麼痛苦，可是……」我想起了涂靖祐的笑臉，「我怕會傷害到另一人。」

他提高眉，像是懂我的意思，「妳身邊已經有人了嗎？」

「嗯，雖然最近才開始，但我想盡全力珍惜那個人。韋司宸那方面，我也很關心他，不想看他痛苦，但我真的很怕會讓我的心情受影響。」

「他捉摸不定的態度也讓妳為難了。」

我略感疲憊，「不，為難我的是我自己的心。您的兒子的確很有魅力，但真正影響我的是他對我的了解。說也奇怪，我並不了解他，他卻非常了解我，也正是這種不公平，才讓我不想奢求他的感情。伯父，我也快搞不懂自己了，真的沒有信心能拉您的兒子一把。」

他朝我投以深遠的目光，最後，他拍拍我的肩，寬慰地笑了。「珍惜身邊的人才是對的。我這做爸的也希望他能走出來，然後，好好看清楚身邊的人。」

他沒有說「身邊的人」是誰，卻已沒有繼續談論的意思。

「雪築小姐，我們也學他放鬆一下吧！」他忽然說。

「什麼？」

「去游個泳！」
「咦？我、我沒有帶泳衣。」
他笑著指向一樓，「那邊有，我出錢讓妳買一套。快走吧！不要輸給司宸那小子！」
「伯、伯父！我不會游泳啦！」

06

「這裡的水這麼淺，不用怕。」他在水裡說。
不是那個問題啊！我從小就是旱鴨子，這麼淺的水也會翻船！
伯父卻像年輕人一樣催促我，「從那邊的階梯走下來，快點。」
我踏進水裡，膽小地窩在階梯旁。伯父看著我，伸出了健壯的手臂，「做任何事情都需要勇氣，妳可以的。」
他的話像是在鼓勵我。鼓勵我，接近一個難以接近的人。
他還是沒有放棄吧？那我呢？
我踏出顫抖步伐，直到完全離開階梯——
「你都一把年紀了還想摘花？」身後傳來不悅的嗓音。
還沒回頭，我的肩膀便被人從後方扣住。

「薔、薔薇大哥……」

他將我牢牢扣緊，用嫌惡的聲音開嗆：「色老頭。」

「你才是吧？把一個穿著泳裝的美女抱這麼緊。」

「嘖。」韋司宸放開了我，將我整個人轉向他，「妳有沒有被這老頭吃豆腐？」

但我完全無法回答他。他性感的鎖骨，就大方地呈現在我的眼前。

「不……」我十分艱難地發出一個音。

「不？」他皺眉，靠近我的臉。

我摀住雙眼大叫：「不要裸奔啦！」

他傻了眼，「我沒有裸奔。花蝴蝶，妳在胡說什麼？」

對我來說有沒有穿泳褲都一樣啦！

「哈哈！你們慢慢玩啦！我回去了。」

「爸，你等等不一起吃個飯？」韋司宸望向他。

「我跟你媽約好要去吃飯了，先走啦！祝你們愉快。」他揮個手，「記得有空要回家一下啊！風流的兒子。」

伯父……你怎麼忍心就這麼走掉啊……

「妳怎麼跟我爸一起來？」

我發現這句話不對勁：「……你早就知道伯父跟蹤你的事嗎？」

「每個月都搞這招，不發現也難。」他不以為然，「想跟就讓他跟個夠吧！反正他對我有沒有發現也心知肚明。」

所以你們根本什麼都知道啊！要我嗎！

「不過，沒想到今天妳會一起來。」

「這是意外啦……」

韋司宸朝四周望了一眼，「妳要游嗎？」

「不了！我根本就不會游泳。」我搖頭。

「就算妳想游，我也不會讓妳游。」他把我推向池邊，「上去吧！」

咦？為什麼？

他什麼也沒說，催促我把泳裝換下來。我困惑地盯著他背影，直到幾個人影擋去我的視線。

「一個人來游泳嗎？」看起來很痞的男生問。

我發現我被圍住了，那幾個高中生看起來都很魯。

「沒有，我跟別人來。」我訕笑。

痞子男進一步問：「既然這樣，能不能要個電話？」

「留一下電話啦！我們讀男校，想認識一些女孩子。」

「我們不會沒事騷擾妳的。」

「呃……」我不自覺退後一步。

「搭訕別人的女孩子，這還不算騷擾嗎？」

忽然，我的手臂從後方被抓住，一下子栽進韋司宸的胸口。那、那麼近是要做什麼啦？

「啊，有男朋友了喔？」痞子男的聲音聽起來很惋惜。

「大哥，我們沒有什麼意圖啦！只是想認識新朋友。」

「可以啊！一起去吃飯，順便也認識我這個新朋友？」韋司宸壓低的聲線傳來笑意，卻讓人感覺到他的不悅。

薔薇大哥，你這樣會出人命啊！

「那、那還是不必了……」

「我們有事要忙，先走了。」

魯蛇果然還是魯蛇，打一下就跑了。

見他們走了，韋司宸放開我：「嘖，說不讓妳游就是這樣，妳都還沒下去游就被纏住，要是——」

說到一半，他發現我的神色不對勁，「花蝴蝶？」

我抬頭，臉龐熱得通紅。他愣了一下，什麼話也沒說。

太近了，不得不再度拉開距離。

「薔薇大哥，等一下要去哪裡？」我後退一步。

「吃飯吧！」他回答，望了更衣室一眼，「妳快去換衣服。」

「好。」

「花蝴蝶。」

「什麼？」我回頭。

「剛才我說的話，妳不用放在心上。」

「哪句話？」

「搭訕別人的女孩子那句。」

聽了，我勾起不是那麼由衷的笑：「那句話沒有錯啊！」

韋司宸的目光閃爍一下，但他從來就比我更擅長掩飾情緒。

「妳男朋友會感謝我的。」

是啊，他替涂靖祐趕走了那些人，怎麼樣都不該是為了自己。

用完中餐，他似乎想好好休息，上了樓就直奔家門前。開門之際，他轉頭望著我。

「我們……真的住很近啊！」

「是很近。」怎麼突然這麼說？

「近得不知道該如何是好。」

「咦？」

他留給我一個不那麼真實的笑，「不覺得嗎？」

當他關上門，我才發現，我已經沒有機會回答那個問題了。

正因為距離太近，才覺得做任何事都需要理由吧！失去那個理由，我們，似乎就不應該見面了。

07

社團成發快到了，我待在社團的時間一天比一天長，涂靖祐更是忙到焦頭爛額。這陣子，我總在學校留到很晚。他很常送我回宿舍，但我也擔心他的身體，基本上能回去就會自己回去。

那天，我們在學校待到晚上九點多，事情卻還沒做完。我邊剪紙邊打瞌睡，涂靖祐看見，他一點也不溫柔地彈了下我額頭，還下令要我走。

「我想幫你啊！不然你一個人要留到多晚？」我搖頭。

「還有幾個學弟在，沒關係。妳是女孩子，早點回家比較好。」

「可是……」

「回去吧！」涂靖祐很堅持。

知道我講不過他，「好吧!你也早點回去。」

「嗯，不會太晚。」

看他那麼堅持，我戳了他一下，「涂靖祐，其實我只是想幫你做點事。你為我做了那麼多，總得讓我有幫你的機會吧？」

「妳不需要替我做什麼，只要依賴我就好。」

我睜大眼。

「只要記得這點就可以了。」他說：「有事情打給我，不要自己撐著。」

「……好。」

他果然還是很在意。依賴他這種小事，我應該可以辦得到吧？

到了停車場，我往天空看一眼，有一大片烏雲徘徊。這個季節的天空很低，像是下一秒就會出現傾盆大雨。

我有不好的預感。

後來，我還是來不及躲掉這場雨。當手臂傳來冰涼觸感時，我就知道自己又要遭殃了。

奇怪，怎麼總是挑我沒帶雨衣的時候？

雖然很悶，我還是打算騎回去。反正離宿舍也不遠了，淋幾滴雨大概不會有什麼事。

但是，這詭異的天氣沒有放過我，在下一秒變成傾盆暴雨！狂亂的雨降落，將我的手臂打得發疼，我忍不住將車停在路邊。

我正要把車牽進騎樓，卻踩進水溝蓋的縫隙。跌一下，十幾公分的高跟鞋就這麼讓我狼狽地摔了一跤！

「哇啊——」

我跌坐在地，感覺腳踝傳來陣陣疼痛。

該不會是扭到了吧？

我想站起來，卻發現自己的腳沒辦法施力。環顧四周，這狹窄的巷子沒什麼人，不會有誰注意到我的窘境。

雨下得更大了。

「真倒楣。」我喃喃自語。

斗大的雨珠一遍又遍地滑過臉龐，沾濕了頭髮和臉。我的衣服也被淋濕了，更糟的是，我今天穿白色的連身裙。

直覺不能再這樣下去，我忍住疼痛，先走進騎樓避雨。車子，等一下再牽進來吧。

我從包包裡摸出手機，點進涂靖祐的頁面。正要打給他時，我想起他這陣子疲憊。現在打給他，那邊一定還在忙吧？雖然他會放下手邊的事趕過來，但送我回去之後他肯定又要趕回學校。

一陣風吹過，我顫了一下濕透的身子。好冷，腳也很痛。我到底該不該打給他呢？

——我說妳，能不能照顧好自己？

誰的溫柔乘著那陣風而來，漸漸鮮明。

我忍不住潤濕眼。

韋司宸曾經跟我說過這句話。那時候我也淋了雨，第一次被他訓話。而我，還因此感到深深的慶幸。

我下意識打給韋司宸。

不到十分鐘，韋司宸將車停在路邊，開了車門衝過來。他望了我一眼，將西裝外套脫下蓋在我的胸前，然後，將我整個人打橫抱起。

「咦？」我嚇了一跳。

「忍耐一下。」他說。

關上車門，他又回頭將我的車牽到騎樓放好。搞定後，他也坐上車，朝宿舍的方向駛去。

我望著他的側臉，在異樣的靜默中開口：「薔薇大哥，謝謝你。」

他沒看我，「笨蛋，老是淋雨。」

「我不是故意的……」

他在紅燈前停下，眼神變得很深，「我也不是故意的。」

「什麼？」我不懂他的意思。

「明明還在開會，我卻跑來這裡接妳了。這麼做簡直就像白癡，但我也不是故意的。」

周遭變得安靜，我不知所措地玩著手指，還不時抬眼偷看他，發現他嘴角緩緩上揚，是一個溫柔的弧度。

08

回宿舍時他抱我上樓，問我鑰匙在哪。我一驚，想起鑰匙似乎還在機車上，忘了拿走。

「唉，又把鑰匙弄掉了。」他嘆氣。

「應該還在吧？趕快回去找找看！而且上面還有——」

「別擔心，先處理好妳的腳。」他打斷我，開了他家的門。

上面還有你送的鑰匙圈啊……

你忘了嗎？薔薇大哥。

他從冰箱拿出冰敷袋，放在包紮好的腳踝上，叫我先輕輕按著。接著，他走進房間，拿了一件白色的休閒衣出來。

「妳要不要先換衣服？不然會感冒。」

「好。」這是韋司宸的吧？穿他的衣服，怪不好意思的。

換好衣服，我坐在沙發讓他吹我的頭髮。一邊冰敷，我一邊感受他的溫柔，覺得再度被這個人擄獲。

唉，我怎麼總是往他這裡鑽呢？明明已經下定決心了，不是嗎？

他關掉吹風機，似乎想說點什麼，卻在觸見我的衣服時別過了頭。

「薔薇大哥？」

「雖然是不得已的，但妳穿這衣服……」他打住，不再說下去。

我尷尬地望向別處，好不容易靜下的心又再度起了波瀾。

「花蝴蝶，妳怎麼沒打給學長？」

「他在忙社團成發，我不想打擾他。」

「但是……」他的目光炯炯，「妳應該知道我比他更忙？」

聽了，我連忙說：「所、所以我打擾到你了嗎？」

「不是這個意思。」

他語調輕柔，卻將我心頭的癥結揭露：「同樣忙碌的兩人，妳卻選擇依賴我，是嗎？」

我怔忡一望，對上他幽深的視線。

「對不起……」

「為什麼道歉？」

「我不該依賴你的。」

「是，但我不想聽見這種話。」他低語。

「什麼？」

他沒有碰我，卻擁抱我搖搖欲墜的決心：「花蝴蝶，妳是個好女孩。」

所以？

「所以，妳該回去了。」他沒有向我道別，卻宛若道別地說出這句話。

我擰住眉，意識到自己的難堪。趁還沒後悔時，我轉身往大門走。受傷的腳踝還痛著，卻沒有比這一刻的心還痛。兩顆心的重量，該有多重？我搖擺不定的心，到底傷人多深？

閉上眼，我用力打開那扇門。

卻在下一秒睜眼時，看見了彷彿守在門外已久的一個人。

「……涂靖祐？」

他的笑極度疲憊。明明帶著傷，卻展現他的風度。我望著他，在這一刻痛了左胸口。

「雪築，妳的腳還好嗎？」

「好多了，真的。」我想走向他，卻發現自己膽怯了。我們之間，拉出一道難以言喻的距離。

「抱歉。」我說。

他還是掛著笑，「為什麼道歉？」

「我怕會打擾你弄成發的事情，所以沒有打給你，對不起。」

「沒關係，這我也猜得出來。」

說完，他的笑容在這一刻變得銳利，刺向我身後的男人：

「雪築，今晚我能留在妳這裡嗎？」

我愣住，不自覺回頭看韋司宸。他什麼也沒說，終究不能介入我們之間。

「花蝴蝶，晚安。」

在我還沒反應之前，韋司宸便果斷關上那扇門。留下我們處在靜謐的空氣中，一切都漸漸變了調。

「我們……先進去再說吧？」我撐起微笑。

「好。」

這天，我們到了晚上十二點都還沒睡，只待在客廳，聊著言不及義的話題。我不曉得他說要留在我這裡是不是真的，卻也一直沒勇氣問。直到時間接近凌晨一點，我才終於提起勇氣：

「涂靖祐，你今天真的要留下來？」

他望向我，「妳不方便？」

「也、也不是不方便，只是很突然……」

「放心，我不會做什麼。」

「我不是說那個！」我搖頭，抬起憂慮的目光，「你是不是……在生氣？」

「我沒有生氣，但我的確顧忌那位先生。」他直接了當：「我知道妳體貼我這陣子弄成發的辛苦，可妳遇到麻煩卻不是第一個打給我，讓我覺得很挫敗。」

「但這是我的問題，你不用——」

「這怎麼不是我的問題？我的確無法讓妳依賴，不是嗎？」

我止住聲音，不知所措地望著涂靖祐。

「在我的面前，妳為什麼還是那麼獨立呢？」他低喃，卻又在下一秒說：「不，這不是獨立，妳根本就……」

我根本就……？

「沒什麼，算我想太多。」

「涂靖祐，我……」

「什麼都別說。」他打斷我，忽然挨近我的臉。

那是一種直覺，像我已經知道他下一步要做什麼。隨著拉近的距離，我看見他的眼睫微微顫動，為我顫抖的呼吸帶來緊密的氣息。

只要閉上眼，就能感受他的溫柔。

只要閉上眼，就能忽視搖擺的心。

只要閉上眼……

「啊！」

門鈴在這時候響起，我嚇了一跳。涂靖祐停止靠近我，往門的方向看。

我為難，他卻一臉無所謂：「去看看是誰。」

「好。」

開了門，韋司宸就站在那裡。我不意外，或許我早就知道按鈴的人是誰。

「怎麼了？薔薇大哥。」我下意識把門關上。

「花蝴蝶……妳的腳好了沒？」

「咦？」

我不懂他的用意，卻在聞到他身上的味道時發現他又喝了酒。

「薔薇大哥，你喝酒了嗎？」

「是喝了一點。花蝴蝶，還沒回答我的問題喔？」

這次真的醉了？

我觀察他，發現他不對勁。韋司宸臉龐微醺，深邃眸子泛起一層朦朧的薄霧。

那個陌生的樣子讓人心痛。

我揚起笑臉，「不是你幫我處理的嗎？會慢慢好起來的。」

「啊，說得也是。」他跟著笑。

「薔薇大哥，你還不睡嗎？」

「差不多了。」

「你是來跟我說晚安的嗎？」

他沉默，用更迷濛的眼神看我。

「你明天要上班，還是早點睡比較好喔。」我勸他。

過了一會兒，他才輕輕點頭：「嗯。」

此刻的他，一點也不像韋司宸，反倒像個受人擺布的孩子。

「再見。」我再度露出微笑。

他沒有回話。他的步伐很慢，慢得讓我以為他捨不得走。

捨不得走……

捨不得。

忽然，我抓住他的衣角。

「你是不是……」有什麼話要說？

是不是在壓抑什麼？

他回過頭，朦朧的視線變得清晰，彷彿我的挽留擊潰了他最後理智。

韋司宸抵住門，將我困在他的雙臂之間，深深吻上我的唇。他的溫柔像刺，不能碰觸，卻還是深陷其中。

我不是飛蛾，沒有牠撲火的義無反顧；但我是蝴蝶，即使明白薔薇擁有的傷，也要這一刻的美麗和激狂。

章五　不是不愛

薔薇大哥：

你從來，都沒有不愛我；但是，你也從來都不敢愛我。

不是不愛，比任何都痛，所以……

我要你勇敢。

01

他的吻強烈傷狂，刺痛每一根神經、每一部分的知覺。我任由他親吻自己，直到他的失控逐漸平息。

他退了開來，灼熱我注視他的目光。

「妳不要……」他低啞。

「不要？」

「不要讓他留在妳家。」

明明沒有立場祈求。身後的門彷彿是一條界線，讓人無法前進，也難以後退。

還有人在等我。

但，我等的是誰？

「我不知道要怎麼辦……」我摀住嘴，「我真的不知道。」

他擰住眉，彷彿在壓抑情緒。卸下祈求姿態，他露出試圖抹滅一切的神色。

「對不起，當我醉了。」他說。

那是他第一次向我道歉。

轉身之後，他用一扇門將我隔絕在外，彷彿這只是一場夢。然而，有些事是不會被忽略的。

薔薇大哥……

醉的人是我才對。

我回房，涂靖祐在沙發上睡著了。他的睡顏一點防備都沒有，對我的信任，從來無庸置疑。

我走近，凝視他沉睡的模樣。

這幾天很累吧？事情壓得你喘不過氣吧？

待在我身邊……很寂寞吧？

「涂靖祐。」

我是不是該放你走了？

我環住雙膝，擁抱自己的脆弱。

「涂靖祐……」

你告訴我，好不好？

告訴我，到底該怎麼辦？

「涂……」

沒有人回答。

那天，我在天色轉亮時，發現自己的心逐漸迎向晦暗。

在那之後，我又埋頭在成發中，再一次選擇逃避。涂靖祐沒再向我提起韋司宸，可能也不曉得該說什麼。不過，我沒再找韋司宸了，做了那麼多糊塗事，總該為了涂靖祐避嫌一下。

「這個我來吧！」我拿過涂靖祐手上的紙。

「也是，妳美工比我好。」他笑，「那我去忙別的。」

他起身，在離去之前摸我的頭一下。

「學姊，社長他……」

我發現學弟靠了過來，「怎麼了？」

「他是妳男朋友嗎？」

「咦？是、是啊！」我以為大家都知道。

「什麼時候的事情呀？」

「我生日那天。」我看他，「你不知道嗎？」

「這個嘛，我有聽說歌唱比賽那天的事啦！知道你們本來就很好，會在一起也不是很意外，不過你們的互動好像沒什麼變，怎麼說呢？還是像朋友的感覺吧。」

我愣住，發現的確是這樣沒錯。

他看我不說話，連忙說：「不是說你們不配啦！只是覺得社長好像在顧忌什麼，妳也表現得跟交往前一樣。」

連學弟都說出我們的問題，我意識到逃避似乎沒有用。我別開目光，思緒還是很亂，但也不知道該怎麼跟涂靖祐討論這種事。聽了，他會不會覺得更難過？

「對了，妳的臉色好像不是很好，是不是生病了？」學弟觀察我。

我摸臉，好像有點燙，「喔，應該是感冒？」

「要不要叫社長先載妳回去休息啊？剩下的我們來做就可以了。」

「可是……」

「沒關係啦！喂，社長！」他馬上替我喊涂靖祐。

涂靖祏連忙過來，「雪築，我先載妳回去休息。」

看他很堅持，我也不好再說什麼。

在回去的路上，我愈來愈不舒服，索性靠著他的背休息。紅燈時，他轉頭跟我說：「雪築，妳可以抱我啊！」

「咦？」我意識到自己的手放在身後。

「這不是很正常嗎？」

「也、也是。」

說完，我小心翼翼地環住他的腰，卻感受到違和感。彷彿，我本來就不該待在他的身邊，這個位子也不是我能坐的。

「雪築，妳老是這樣。」

「怎樣？」

「很被動，什麼都不敢做。」他嘆氣，「還有，不把我當成男朋友。」

「不，你是很可靠的人啊！會那樣，也是因為我怕麻煩到你。」

「我的意思是……」他正要說，前方卻已轉為綠燈，「算了，知道妳認為我可靠就好。」

我沒有回話，沉默地感受迎面吹來的風。

到了宿舍，他注視脫下安全帽的我，「真的不用我載妳去看醫生？」

「不用了，我還有成藥，回去睡一覺就好。」

「那，我走了。」

「路上小心。」

拖著疲憊的身軀上樓，我吃了藥就躺在床上，從七點睡到九點多。後來我愈來愈暈，額頭的溫度也逐漸升高，察覺不對勁，我從床上爬起來，拿起被我扔在沙發的手機。

我正要撥給涂靖祐，卻在此時看見韋司宸傳來的訊息。

『花蝴蝶，妳上次淋雨，現在身體還好嗎？』

整個人都清醒了。

那一秒，我抱住自己發燙的身軀，模糊了眼前的視線。

炙熱的吻，是他壓抑已久的深情。而我在感受那份深情的同時，了解自己永遠不會屬於他。

「事實就是，你即使愛也不會放手去愛，不是嗎？薔薇大哥。」

彷彿回應我的話，沉寂的門鈴在此時響起。

我望向那扇門。

窗外又下起了雨。輕聲淅瀝，打在毫無防備的心上。我聽著這場雨，感受它細膩的陪伴。門鈴只響了一次，我的衝動也只湧現一次。過了，就不再有了。

最後，我沒有去開門。

最後，落下的是雨，還是淚，也已經分不清了。

02

我做了一個夢。

夢中，天色混濁，暗得連月光都看不見。周遭只有路燈，孤寂地散發光芒。

在這個夜裡，我像是迷途的孩子，找不到前進的方向。我的身影被燈光拉得很長，彷彿哪裡都去不了，只有影子陪伴自己。

我開始害怕。

愈走愈快、愈走愈急……

忽然，我看見涂靖祐站在前方。

我露出釋懷的笑容，跑過去。

「涂靖祐！」

「雪築，妳來了。」他牽住我。

「這裡是哪裡？」

「不知道，但妳不用怕。」他溫柔回答：「有我在。」

我沉默了一會兒，跟著他往前走。

「涂靖祐，你最近不是很忙嗎？」

「是啊！」

「帶我回家之後你就可以去忙了，沒關係。」

他回頭，「但妳看起來很害怕。」

我愣一下，才露出無所謂的笑，「回到家我就不害怕了。」

「是嗎？」他微笑，「繼續走吧。」

我們繼續往前走，一轉眼就回到宿舍門口。我終於放下心來，轉頭望向涂靖祐。

「謝謝你送我回來。你先去忙吧！明天見。」

涂靖祐放開我的手，平靜的表情看不出情緒，「嗯，明天見。」

他轉身離開。這一切太不真實，像是有什麼即將吞噬自己。強烈的空虛感襲上腦門，我開始感到寂寞。涂靖祐在前面，還沒離開我的視線。但是，我不想替他添麻煩。

我步上階梯，想消除內心的不安。

忽然，有誰抓住我的手臂。

「啊！」

階梯下，韋司宸深沉地望著我。

「薔薇大哥……」

「妳害怕嗎？」他出聲。

「咦？」

「害怕嗎？此刻的妳，覺得恐懼嗎？」

深藏的不安被他的言語牽引，全數自內心深處湧現。我抿住顫抖的雙唇。

「妳希望我陪，是不是？」

我抬頭，注視那雙魅惑的眸子。

「應該說，妳想依賴的人是我。」他撩起我的髮，「對不對？」

「你不敢愛。」我說。

「妳愛我？」

「你不敢愛。」我用力搖頭。

「如果我敢愛了，妳會承認愛我？」

我止住聲音。他多情的雙眼，彷彿天上的星子都掉入他眼底。

「可是，你不敢愛……」

在那個變得清晰的夢裡，我哭著告訴他。

薔薇大哥。

要是，你能再勇敢一點的話……

那時候，我會……

「花雪築！」

逐漸清明的聲音傳入耳際。

我睜開眼睛，發現自己的頭很暈。手背傳來無法忽視的熱度，連身體也燙得厲害。起身，我聽見門的另一端隱約傳來聲音，有誰在敲門，有誰在呼喊我的名字。

我搖搖晃晃站起來，向前將門打開。然後，重心不穩地倒入那個人的懷裡。

熟悉的香味。

難戒的毒。

我的心。

愛他。

韋司宸用力抱住我的時候，這些情緒，全數糾結在一起。

再怎麼痛，也清晰無比。

我愛他。

「妳怎麼現在才開門？身體這麼燙！不知道這樣很危險嗎？」他語氣嚴峻，「我帶妳去醫院。」

「薔薇大哥……」

「別說話了，我們去醫院。」

「沒開門，對不起……」我輕喃，眼眶發熱。

他的聲音顫抖，似乎想說什麼，卻又不能說什麼。

最後，他抱緊我。

「妳是笨蛋嗎？」

「你才笨。」我第一次任性回話，「笨到又來找我。」

聽了，他露出一抹悽愴的笑：「對，我真的很笨。」

「喂，你愛我嗎？」我學他在夢中講的話。

他愣住，流露難得一見的徬徨。

「愛我嗎？」

他牽起痛苦的嘴角，退了開來，將車門關上。

還是沒有回答。

當他坐上駕駛座，我輕喃出聲：

「你果然很笨，剛才要說不愛才對啊！」

「我已經……沒有機會回答那個問題了。」

我不懂他的顧忌，卻也沒有心思再追問。閉上眼，我漸漸陷入混沌的夢鄉。

如果醒來也能看見他的笑容就好了。

03

時間已經接近凌晨，我在冷風裡瑟縮了一下。他發現我會冷，脫下外套罩住我的身體。

在醫院打了一針之後，我的燒就退了。但我的頭還是很暈，韋司宸扶著我走回停車場。

「還是很冷。」今天的我格外任性。

「那，妳靠過來吧。」說完，他也沒等我動作，就先把我庇護在他寬闊的臂膀裡。

「薔薇大哥，你怎麼知道我發燒？」

「妳沒回我訊息。」

「所以？」

他望向我，「所以我猜妳是不是昏倒了。」

「也有不想回的情況啊！」我輕輕微笑。

「是這樣沒錯。」他將手心安放在我的頭上，「但是，我的直覺向來準確。」

「那你能猜到我心裡在想什麼嗎？」

聽了這個問題，他不理解，「妳要我猜嗎？」

「對。」

韋司宸停下腳步。他的目光變沉，彷彿想透視我一樣地直視我的雙眼。

「你覺得我在想什麼？」我說。

薔薇大哥，我愛上你了。

「你猜得到嗎？」

你聽得見嗎？

你聽得見我心裡的聲音嗎？

「妳很困擾。」他說。

「什麼？」

「所以，忘記那個吻。」他悲傷地笑，「忘記吧！對妳比較輕鬆。」

他不只狡猾，還很膽小。

「要我忘記之前，先回答我一個問題。」我凝住目光。

「說吧。」

「薔薇大哥，你愛我嗎？」

他愣住，似乎不明白為什麼我又要問。

「你愛我嗎？」

從他回視的目光，我看出他已經徹底了解我的認真。

然而他，從來不能回應我的認真。

「先回去，好嗎？」他說。

我斂下眸子，輕輕退開一步。那個背影看起來很孤寂，卻又非常可惡。

「上車吧！」他坐上駕駛座。

我安靜地坐上，卻又在他發動車子時打開車門。

「花蝴蝶？」

我不理會他的叫喊，逕自走下車。看見這情況，他開了車門，站在另一端望著我。

「你真的很可惡。」

「我？」

「你知道我是花了多大勇氣才說出那些話嗎？」

他沉默，忽明忽暗的目光照耀著我。

但有什麼用？再多的溫暖，要是沒有成為專屬，也只是孤寂。

「薔薇大哥，是你叫我勇敢的，不是嗎？」

「我是這麼說過。」他低聲。

「那，你怎麼能比我膽小？」

他的眼眶浮現掙扎，卻還是說出迴避一切的話：「並不是膽小，我只是明白這樣對誰都好。」

「你才不明白！」

他沒有說話，清明的視線在那一秒變得模糊。

「你總是那麼從容，好像自己沒有什麼好失去的，是不是？但是，我看出來了，你比誰都害怕失去，所以也比任何人都還不敢輕易擁有。」我開始往後退，以悲傷凝成的淚水也在此時滾落臉頰，「你說你覺得這樣對我們都好？我告訴你，如果你真這麼覺得，就不要在把我推給別人之後又回頭來找我！你折磨的人不只是自己，還有我啊！明明知道我對你無法抗拒，為什麼又要來擾亂我？為什麼？我讓你愛不起嗎？還是我不值得讓你放下過去？」

「不，不是那樣……」他狠狠擰住眉，彷彿正在和痛苦糾纏。

「如果不是那樣就給我一個理由！」

「妳受過的傷夠多了。」他低喃。

「所以？」

「不是妳不值得，是我不值得妳愛。」

聽了，失望止住滿眶淚水。我曾想試圖改變他的念頭也打消了，或許，我不能接受他的膽小。

「那不是理由。」我說。

「花……」

「那不是理由啊！薔薇大哥。」我再度向後退，在被言語擊垮之前給他一個很輕的微笑，「值得不值得，怎麼是你說了算？愛不愛也不是誰能決定的，不是嗎？要是能不愛，我早就不愛了。」

「的確不是個像樣的理由。但，那是目前的我能給的理由。」

「我知道了。」我沉下目光，「那，我想再問你一個問題。」

「什麼？」

「你要我忘記那個吻，是代表我也必須把你這個人忘記嗎？」

他凝視我像是孤注一擲的目光，用最溫柔的殘忍告訴我：「能的話，就忘記吧。」

忘記吧。

「嗯，再見。」

再見。

我並不意外他的答案，也不意外自己的回答。我轉身，朝無盡的黑暗走。他沒有攔住我，可能猜到我會找涂靖祐載我。

這條路，像是怎麼走都走不完。

「再告訴你一件事。」我忽然說。

身後無聲，但我知道他還在那裡。

「雖然我不知道自己有沒有資格，但我會盡全力去珍惜他，直到他不希望我待在他身邊的那一天。」我輕聲問：「你能接受嗎？從今以後。」

過了很久，他才低啞出聲：「能。」

聽了，我閉上眼。

「太好了，要是薔薇大哥不能接受，我還擔心自己又要不顧一切地回頭了。」我閉得更緊，讓淚珠無聲落下，「真的，太好了……」

身後，無聲的空氣推著我前進。

身後，冷風帶走我溫柔的記憶。

身後，彷彿還能聽見的「對不起」在心上顫出離別的尾音。

一回頭，就會被那雙眼奪去思考，讓所有的決心都變成白費。

我的決心……

04

「涂靖祐，來醫院接我好嗎？」

我拿著手機，用平靜的聲音掩飾脆弱。

醫院不遠，涂靖祐十分鐘就到了。他什麼都沒問，先把我載回去。走進房間，我在他關上門的那一刻講明所有。包括韋司宸載我去醫院，還有，我決定不再和他連絡的事。

「怎麼做到這種地步？」他問。

「這樣對我們都好。」

「哪方面？」

我望向他，覺得他應該懂，「你不需要顧忌那個人，我也不會再去打擾他的生活。」

「只是這樣而已嗎？」他的目光變得深沉。

我低頭，「跟我在一起，我知道你不快樂。」

說完，我抬眼望住沉默的他。

「所以，你可以再一次相信我嗎？這一次，我會……」

「雪築……」

「嗯？」

他忽然靠近我，把我困在門邊，溫潤的唇封住了我的祈求。我一愣，緊張地閉上眼，感覺他掌心貼著臉龐的溫度。他還是一樣溫柔，連吻，都像是不敢擁有。

他退開，我卻看見他眼中的傷。

我一時慌了，但他又再度把我吻住。

「唔，涂……」

「我怎麼會不快樂？」他說。

我一愣，看他在我眼前勾了勾僵硬的嘴角。

那雙眸泛起一層薄霧。那瞬間，我的心像他強撐的視線一樣，凍結了。

「雪築，我很快樂。」

我接話，「所以……」

我試著想笑，卻發現沒有力氣。

「所以我，會好好珍惜……」

試著愛，卻發現……

不行。

「珍惜你……」

那句在我心上刻印了不下數次的誓言，在此刻化作眼淚，隨著我的天真一同墜毀。

他沒應聲，深深地看我。

我們，還是不行……

「涂靖祐，對不起。」

「對不起……」我終究，還是這麼說了。

他也一樣，他什麼都沒說，我卻能懂他難言的決定。

懂他也跟我一樣，終究明白，我們不能在一起。

「就算妳跟他斷得乾淨，妳還是沒辦法依賴我，這樣的我們……」

「涂靖祐……」

他輕碰我的臉，笑了笑，「雪築，這些日子妳還是很體貼，幫了我很多忙。」

我不喜歡這個笑，就像韋司宸一樣無能為力。

「我喜歡妳的體貼，但是……」他加深笑容，卻變得更悲傷，「待在妳身邊，我覺得很寂寞。」

待在我身邊，他覺得很寂寞。

我刻意付出的體貼，卻換來他的寂寞。

「不被需要的人，很寂寞。」他說：「我希望自己的女朋友能依賴我，但妳沒有。妳任性也好，耍脾氣也好，碰到挫折就哭也好，我都能包容……」

他望著我，垂下強撐的嘴角，「但妳沒有給我愛妳的空間。」

那瞬間，我懂了他的意思。我試著愛他，卻沒給他機會愛我。他愛得寂寞，像是只有一個人在愛。

「所以，這樣的我們……」
「這樣的我們分開比較好。」他抵住額頭，蹙起哀傷的眉。「對不起。」
「你不需要說對不起！」
「可是，雪築，現在我懂妳前男友說的那句話了。」涂靖祐忽然向前將我抱住，將悲傷的聲音壓在我的肩上，「……我是真的很喜歡妳啊！妳答應我的那天，我高興到睡不著，以為我終於能在妳身邊了，但我們還是走到這個地步……對不起，我還是放棄妳了，就像他說的那句話一樣。可是，真的，不是我不愛妳了……」
他的言語，化成碎在嘴角的淚珠。
我第一次看見他哭。
不是不愛，比愛還重，比不愛還痛。
「我才要說對不起。」我抱住他，像是抓住最後的溫暖，用力揪著他背後，「我沒辦法好好依賴一個人，是我的錯，對不起。」
「不，妳錯了。」他忽然抬頭，眼角還噙著淚，「妳前男友也錯了。」
「什麼錯了？」
「他說妳從來都不需要誰，是因為沒看過妳真正需要一個人的時候。」他輕撫我的頭，「雪築，妳真傻，傻到連自己都沒發現。韋司宸，不就是妳一直以來都下意識去依賴的人嗎?妳怎麼會不懂愛?當妳遇到困難的時候,第一個想到的明明都是他啊!不是嗎?」

我依賴韋司宸。

我需要……

「妳需要的人是他。」

我早就發現自己對他的依賴,卻不願意面對。

「雪築,去找他吧。不用再為了我們的幸福,而勉強自己待在我身邊了。」他說。

閉上眼,淚珠在眼角無聲顫抖,「……我已經跟他說再見了。」

「可以改變的。」

「我怎麼可能有資格愛你,或是他?」

「怎麼會沒有?妳太看輕自己了。」

「……但就算沒有斷得乾淨,他也不會愛我。」

「我曾經也不敢。」

「他不像你。」

「只要他夠愛妳,就能勇敢。」

「可是,你也夠愛我,我們還是只能走到這裡,不是嗎?」

我們像是兩個孤寂的靈魂,在傷痛中相互安慰。那時我才發現,想獲得幸福,不是只要有愛就可以。也有不能愛，或不得不放手的時候。

薔薇大哥，你心中也有不能愛我的理由吧？

或許我，能明白你為什麼會安靜地放我走了。

在天色逐漸轉亮的時刻，涂靖祐真的離開了。這一次，我明白他不會再停留。

失去涂靖祐，讓我明白了什麼是需要。

但，失去韋司宸時我什麼都不明白。

我只想讓時光倒轉，回到相識的那一天。或許，再重新努力一次，膽小的韋司宸會變得勇敢？

或許，當一切重來，薔薇大哥會勇敢地去愛花蝴蝶？

那個時候，或許你留給我的，能不再只是一個不負責任的吻？

「薔薇大哥……說了那些話之後，我後悔了。」

「那你呢？你為什麼都不會後悔？」

我，好想知道。

好想知道……

05

「雪築。」忽然有人叫我。

這個聲音很熟悉，我都還沒回頭就已經認出那個人。

「怎麼來了？」

前男友笑了，「想找妳說幾句話。」

我沒有拒絕。

「聽說妳跟社長分手了？」

也習慣他的直接了，我說：「消息傳那麼快嗎？」

「這可是大事，很多想追妳的人又開始蠢蠢欲動了。」

「我現在不想談戀愛。」應該說，我已經有了想愛卻不能愛的人。

他沒回應，只是抬頭望著天空，那個樣子像是有話要說。我也有話想說，卻不曉得怎麼說才好。

我轉頭，觀察他的側臉。

是記憶中那種溫柔的樣子。他和涂靖祐一樣，都對我很溫柔。

「雖然對社長說過那種話，但我原本以為你們會不一樣。」他忽然說。

「什麼不一樣？」

「我以為妳會需要他。」

我斂下眸，「不，沒有不一樣。我喜歡他，但我還是不需要他。」

「他也像我一樣無法忍受，所以才選擇放手。」他露出事過境遷的微笑。

「你們沒有必要忍受，沒有人能接受女朋友無法依賴自己。是我的錯，居然現在才懂。」

他轉頭看我，「是誰讓妳懂了？」

「涂靖祐的話讓我懂，原來我需要的人不是他，而是……」

而是，韋司宸。

既膽小又狡猾的韋司宸。

「我不知道是誰，但我知道妳現在很不安。」

「不安，又能怎麼辦？」

或許，我會和這兩個人漸行漸遠，然後未來遇見某個人，再度狠狠傷害他，像傷害涂靖祐那樣。

最後，又會回到現在的情況。痛苦，卻無能為力。

「不能怎麼辦，但妳可以試著和自己對話。」

「什麼？」我不懂。

「問問自己，想要的是什麼？妳的心裡一定有想說卻不敢說的話吧！不如，就把這些話說給自己聽，好好釐清是不是真的想這麼做。或許說久了，有一天就真的能勇敢地說給那個人聽了。」說完，他抿唇一笑，「我也是這麼做的。」

我望著他閃爍的瞳孔，忽然覺得他是在暗示什麼。

「你想說什麼？」我問：「你想勇敢說什麼？」

「祝妳幸福。」

他說，祝我幸福。

簡單四字。被我傷害，很痛苦，他還是祝我幸福。

而我呢？

被韋司宸的心隔絕在外，很痛苦，但我應該……

「試著和自己對話，或許，能變得更勇敢。」

「對。」他微笑。

我慢慢露出笑容，「謝謝你，我想我知道該怎麼做了。」

下課後，我騎車前往孤兒院。

我想找小露，從她那裡知道更多有關韋司宸的事。然後，和自己對話，試著變得更勇敢。

如果他不勇敢……

「小露，記得我嗎？」

「雪築姐姐。」正在玩手機的她笑。

那我，想比以前更勇敢。

「司宸哥沒跟妳一起來嗎？」

「沒有，我只是想來找妳聊聊，不介意吧？」

她甜甜地笑，「當然不介意。」

後來，我們聊了很多韋司宸的事。小露雖然也不了解他的過去，卻很明白他這個人的個性。她說，他總是把事情做得太完美，連想法也是。韋司宸太聰明了，聰明到把所有事情分為「能做的」和「不能做的」，忘了顧及情感，也忘了還有「想做的」這個選項。

或許他愛我，卻把愛我這件事歸在「不能做的」。於是，他只能一邊迴避我，一邊又傳遞愛我的訊息。

「姐姐，妳想怎麼做？」聽完我和韋司宸的故事，小露問。

「我已經和他說過心裡的話，他還是選擇離開。所以我在想，是不是自己說得還不夠？是不是只要再努力一點，他就能跟我一起勇敢？小露，妳覺得？」

「很多事情的確需要契機。或許，之前那個對他來說還不夠。」

「但是，我不確定自己現在有沒有勇氣。」

之前那些話，已經花掉我大部分的勇氣。如果再被他抗拒，失去勇氣的我會變成什麼樣子，我真的不敢想像。

「那麼，先試著說出來吧？」

「說出來？」

「嗯！和我的右耳說。」她加深笑容，「我會摀住左耳，這樣就聽不見了。姐姐，妳可以放心地說，直到妳獲得勇氣為止。」

說完，她側過頭，露出右耳。

像是在鼓勵我。

「薔薇大哥……」

我想起第一次來這裡的時候。

那時候的韋司宸，不就表現出最真實的一面了嗎？

「薔薇大哥，其實我也是個膽小的人。但自從遇見你之後，我慢慢地變得勇敢。」我閉上眼，「因為我，還不想放棄你。」

「雖然你沒有說，但我知道你是在乎我的，你告訴我要勇敢去愛，而我也真的試著去愛了，可是，膽小的卻是你。」

深呼吸，我忍住眼淚：

「你聽我說過吧？我總是被男友說『不需要他』。我很迷惘，根本不懂什麼是需要，以為只要付出就能幸福。但現在我懂了，原來依賴一個人的時候，才會覺得自己是幸福的。薔薇大哥，我很依賴你，就算可能會麻煩到你，我還是常常這麼做，因為依賴你、需要你的時候，我覺得很幸福；就算你從來都不是我的誰，我還是覺得很幸福，所以……」

「所以，能不能讓我繼續依賴你？」

讓我繼續需要你。

讓我……

「繼續愛你。」

忽然，小露放開摀住耳朵的手，對我一笑。「姐姐，我留點空間給你們吧。」

「我們？」我的聲音顫抖。

她沒有回答，只是往我身後走。

那瞬間，我覺得自己的心也顫抖了一下。

覺得事有蹊蹺，我正要回頭，卻在下一秒陷進一個溫暖的懷抱。我倒抽口氣，聞到一陣沁人心脾的香味。

他是——

「花蝴蝶……」低啞的嗓音懸在耳際。

他緊緊擁著我，那股力道竟讓身體發疼。但是，在這個擁抱中，我深深地感受到了。真實得，令人欲淚。

「我從來，都沒有不愛妳。」他說。

06

我閉上眼，懸在耳際的聲息逐漸清晰。

「還好小露傳訊息叫我過來，妳的話，我都聽見了。應該說，我一直以來都明白妳對我的依賴，卻總是逃避。」

「妳說對了，我真的很膽小，膽小得被過去絆住，不敢愛一個對我而言早就從疼惜轉變成愛的女孩。妳很傻，但我更傻，認為遠離妳對彼此都好，我現在也是這麼想。可是，聽了妳的話，我突然也想學習妳的勇敢，哪怕這麼做會讓我們受傷。」

察覺他話裡的意義，我想抬頭看他，卻被對方抱得更緊。

「對不起。」他的聲音顫抖：「或許妳那天就聽見我的道歉了，但我還是想說一句對不起。對不起，傷了妳。是我的自以為是，造成妳的痛苦。直到剛才，我看見妳不在我身邊時也哭得這麼傷心，我才驚覺自己的感情有多深。」

「深到不想讓妳的眼淚被別人看見，深到只要妳在我眼前哭泣，深到希望妳所有的情緒起伏都是因為我。花蝴蝶，這樣的我還是很狡猾吧？」

他極具占有慾的宣言，讓我停止落淚。我抬頭，見他稍微鬆開力道，用一雙載滿情感的瞳孔凝視我。

或許，我低估了他的愛。

或許，他的愛深刻得讓人窒息。

或許，最後還是會失敗。

但是我……

「你本來就很狡猾。」我瞪著眼，卻用溫柔的聲音說：「但是我還是愛你。」還是愛他。

「能告訴我為什麼嗎？」他淺笑。

「不知道，但我知道我也很討厭你。」

「呵，為什麼？」

「因為你總是逃避，卻又不斷來騷擾我。反覆不定，讓我想走也走不開。」我輕抽一口氣：「薔薇大哥，你剛才說了這麼多，會不會等一下又反悔？」

「現在不就不逃避了嗎？」

「才怪，你還是逃避。」我搖頭，流露任性的一面，「你沒說愛我。都說了這麼多，怎麼還是比我膽小？」

聽了，他先是愣住，後來才笑出聲。

他鬆開懷抱，轉身走了幾步。我不明所以，直到發現對方根本沒開口的意思時，才起身追上去。

「喂！你真的很膽小，我都說成這樣了還——」

他轉身，在我不小心栽進他胸口時，趁勢低頭吻住我的嘴。

沒多久，他退開來，露出一抹邪佞的笑意：「膽小？那麼，妳敢吻我嗎？」

我被他問得發愣，整張臉都紅了。

「我……」

他不等我說話，再度緊緊擁住我，「我從沒放下過去，但我希望未來能有妳，所以……」

待在他懷裡，我靜靜聆聽他的下一句：

「我愛妳。」

我還有很多話想說。想知道他的過去，想了解他不敢愛我的原因，但是……

我輕輕闔眼，感覺這一瞬永恆凝成了眼角的淚光。

這一刻，不如就什麼都別說。

07

「嘿，妳心情是不是不錯啊？」

被這麼一問，我的心重重跳了一下，像是怕被發現什麼祕密。

「沒、沒有啦！」我背對小紫，佯裝沒事，「走吧！回家了。」

她沉默。我察覺不對勁，回過頭。然後，看見小紫一臉「妳分明有鬼」地瞪過來。

唉，感覺瞞不住了啊！

「絕對有事！妳前幾天心情那麼差，今天眼睛卻笑得像彎月。」小紫搭住我的肩：「說，是不是又戀愛了？」

「什麼『又』戀愛了？說得我好像很常戀愛一樣。」我心虛地別過頭。

「的確啊……」

「喂！」

「吶，到底是怎樣？」

我不看她，覺得難為情地說：「昨、昨天韋司宸說……」

「說什麼？」她瞪大眼。

拜託，我什麼都還沒說啊！幹嘛這種表情？

她捶我，「說什麼啦！」

「他跟我告白啦！」我迴避她的攻擊。

「什麼？韋大哥竟然告白了！」有人激動大叫。

我狐疑地往回看，阿飛居然站在我身後，指著我的鼻子大吼。

瞪住他，我說：「你不是回家了？」

「先別說那個了！雪築，那位神祕的韋大哥向妳告白？真的假的？」他一臉震驚，好像被告白的是他一樣。

「不要那麼大聲啦！」

「所以情況是？」阿飛用氣音問我。

我白他一眼，才說：「總之，他告白了。」

「那，妳一定會答應吧？」小紫為我高興，興奮地問。

答應？

聽了這句話，我一愣。韋司宸好像也沒問過我什麼，那我要怎麼答應他？

我……

「他該不會沒問妳？」

我，是不是他的女朋友？

「雪築，他是不是沒問妳？」

回過神，我朝他們拋出一個不留痕跡的笑，「下次再說吧。」

後來，我在上樓的時候遇見正要出門的韋司宸。我措手不及，忽然找不到話可以說。空氣，好像變得不一樣。

我和他之間，好像多了點什麼。

「花蝴蝶。」他喚著我，「我要去超市買點東西，一起嗎？」

「……好。」當我意識到的時候，我已經換上甜蜜的笑容。

果然，我還是喜歡他，即使一切都未明朗。

超市不遠，我們在午後陽光下漫步。他沒說話，我也不曉得能告訴他什麼。直到走進超市，他都還保持沉默。我望著他挑選商品的身影，覺得那份從容依舊存在。昨天說了那樣的話，今天卻像平常一樣。

會不會，為昨天的事心動不已的人只有我？

「發什麼呆？」

「沒有，你繼續。」我連忙笑。

他看我一眼，又繼續忙他的。後來，他買了一籃生活用品，付錢後，我幫他把東西裝進購物袋，過程中不小心碰到他的手。

他卻比我先收回手。

我困惑，在那一秒撞見他動搖的神色。

「……薔薇大哥？」

「唉。」他輕嘆，迅速將剩下的東西裝好，「我好像還不習慣。」

「不習慣什麼？」

走出店外，他望向天空，耀眼的陽光奪去他部分視線。他輕輕瞇上眼，那模樣像是慵懶的貓。

「不習慣讓一個人明白我愛她這件事。」說完，他深深注視我。

那瞬間，我被更奪目的耀眼染紅了臉龐。

原來，不是只有我在緊張。

「早說嘛！」我笑了起來。

「嘖。」他低哼，一會兒又說：「花蝴蝶，妳暑假有空？」

「有啊！怎麼了？」

要……約我出去玩嗎？

像是猜中我心裡所想，韋司宸潑我冷水：「妳要不要來我們公司打工？」

「什麼？」我瞪大眼。

暑假就是要好好玩一玩啊！為什麼要打工？

「才不會無所事事。」他笑了，「來吧！當我助理。」

我按住被弄亂的瀏海，神情微赧：「……可是我又不懂那些。」

「妳不需要懂那些。」

他的笑容變深，在他已經成為我的世界時，又在我的眼裡建築了一個新的世界：

「妳要懂的，是我這個人。」

08

「我換好了。」

他轉頭，目光在我身上停留一陣子，「花蝴蝶……」

「什麼？」

聽見他欲言又止，我開始期待他對我這身裝扮的評價。這可是我特別挑的套裝呢！粉紅色的，既優雅又可愛。

「看起來，好像真的是我助理一樣。」

「喂！我的確是來當你助理啊！」這什麼話嘛！還以為要稱讚我！

我死命瞪住他悠閒的背影，直到他側過身來，勾起一抹狡黠的笑。

「怎麼？以為我要說什麼？」

「才沒有。」

他笑出聲，把手往後一伸，「喏。」

「嗯？」我望著他。

他就站在那裡，彷彿已經等了我很久。

我等這一刻，也等了很久。

「不牽嗎？」

我向前，「……要。」

「呵，我以為妳會介意被其他員工看到。」

「總經理都不介意了，那我也無所謂。」我佯裝不在意。

韋司宸「噗」地笑了，走了一段路之後，輕輕說：「妳真的很可愛。」

他狡猾地丟下這句讓人心動不已的話，我呆了一下。

「什麼嘛！」我咕噥。

「好了，我們去交誼廳。」

「咦？不介紹一下我要做什麼嗎？」

「先介紹妳。」他笑。

於是，我跟著他到交誼廳。那裡很多人，看見韋司宸時，一致對他點頭致意。

「董事長還沒來嗎？」

一個員工回話：「還沒來，總經理也知道董事長總是稍微晚——」

「哎，我這不是來了嗎？」忽然，伯父從後面走過來。

「爸，你今天怎麼特別早？」韋司宸輕笑。

「聽說雪築小姐要來，特別起了個大早。」伯父笑得愉悅，「歡迎妳啊！之後如果適應，乾脆直接在公司當正職吧！」

我愣了一下，韋司宸已經替我說：「她還要上課。」

「哎，那畢業再來好了。」伯父轉向其他員工，「好了，我介紹一下這位小姐。她是花雪築，即將在我們公司工作兩個月，職位是司宸的……」

停頓了一下，他對我和韋司宸投以興味的目光，「特別助理。」

喂！助理就助理，幹嘛要說得那麼曖昧！這裡不是嚴肅的場合嗎？

「對，特別助理。」

我一愣，轉頭望住從容的韋司宸。

「所以，請大家好好跟雪築相處。」他沒看我，對眾人點頭致意。

這下，肯定所有員工都覺得我們的關係不單純了。

當我們要離開交誼廳時，有員工走過來，希望韋司宸能幫他看一下工作進度。韋司宸望向我，似乎有些為難。

「沒關係！不會很久的話，我在這裡等你就好。」我擺手。

「好，等我一下。」

我站在原地等他，有個男人趁這時候走了過來。他的臉上掛著笑，看起來非常親切。

「妳好，我是研發部的，叫我阿毓就可以了。」他態度自然，「歡迎妳加入。」

「喔，你好！謝謝你，我很高興能加入。」

「不用客氣啦！對了，如果有哪裡需要幫忙，儘管找我沒關係。」說完，他從口袋拿出一張名片。

我接下，看他似乎還要對我說什麼。

「啊，下班之後，如果妳不介意——」

「阿毓，是不是該考慮回去工作了？」

忽然，韋司宸走入我們之間，對阿毓露出微笑。

阿毓愣了一下，很快地換上禮貌的笑，「是，總經理。」

韋司宸牽我回辦公室。一進門，他拿走我手上的名片。慘，他的表情看起來想吃人。

「薔、薔薇大哥，你這麼快就忙完了喔？」

「妳覺得呢？把妳放在那邊我會放心？」

「唔……」

「吶，花蝴蝶……」他走近我，捧住我一邊臉頰，「妳跟學長在一起的時候，我嫉妒得要命卻什麼都不能做。現在，妳明明在我身邊，卻還是讓我吃醋了？」

「那……你就不要離我太遠嘛。」我羞得別開目光。

聽了，他低笑，在我耳邊留下一句讓我亂了心跳的私語：

「那麼，妳今晚想來我家？」

我腦子一片空白，心中上演了一齣又一齣的小幻想。

章末　幸福嗎

花蝴蝶：

妳問我幸不幸福？

這個問題很好回答，不過，先看看妳的手吧。

知道答案了嗎？

01

「薔薇大哥，為什麼……」望住那一大疊文件，我悶聲說：「你叫我來你家卻是做這種事啊？」

「哪種事？」

我轉向他，眉頭皺得更深，「都已經下班了，還要我寫這些！」

重點是，把話說得那麼曖昧的他，居然只是要我幫忙處理文件？

「最近忙，讓妳學一些也不錯啊！」

「可是……」

看我不情願，他走到我的身後。一傾身，他輕柔抱我，將唇靠近我耳際：「不然……妳想做什麼？」

他的嗓音讓我頭皮發麻。我紅了臉，「我、我沒有想做什麼啦！」

「是嗎？」

「你不要捉弄我！」

「我沒有捉弄妳，只是覺得臉紅的花蝴蝶很可愛。」

還說沒有捉弄我！

他出聲指正：「吶，這裡應該要這樣改。」

「什麼？」

「這樣算才對。」他拿走我手上的筆，將某個數字改正。

身後的鼻息更近了，我不由得感到不自在。

我輕輕出聲：「你這樣我沒辦法專心啦！」

聽了，韋司宸放下筆，溫柔地將我的臉扳向他，「妳又覺得我能專心了？」

我愣一下，轉頭看他用過的桌子，那些文件根本沒被動過。呃，總經理，不是你說要工作的嗎？

「既然不打算工作，那為什麼要——」

「藉口。」

「咦？」

「我說，工作只是藉口。」他勾起嘴角，「雖然我們就住隔壁，但下班後能像這樣膩在一起，也不錯喔？」

「……那就直說嘛！」我又臉紅了。

「可惜的是，我還是得讓妳回家。」

聽見他話中微妙的暗示，我匆忙迸出一句：「那當然！」

他不置可否地笑了笑，「對了，在公司的時候遇到陌生人就快逃。」

快逃？他竟然叫我逃？

我傻住，「員、員工有這麼可怕嗎……」

「不，但妳會招蜂引蝶。」

「你才拈花惹草！」別以為我沒看見女員工想活人生吃的表情。

「喔，是在吃醋嗎？」

「不是！」我瞪他，卻不到幾秒就笑了起來。

而他眼中的笑意，遠比我燦爛。

那個週末，許久未見的涂靖祐約我出門吃飯。我告知韋司宸這件事，原以為他會不高興，沒想到他笑著祝我路上小心。我望著他，說不出是哪裡不對勁。

「怎麼了？」站在門前，韋司宸揚著笑意。

「沒、沒事啦！」我連忙笑了笑，「那，我出門了。」

說完，我轉身，卻感覺自己的手臂被拉住。回頭，我觸見韋司宸溫柔的表情。

「早點回來。」他說。

我回以淺笑。

到了那家店，涂靖祐已經在門口等我。他揮手招呼，那個笑容，我很久沒看見了。

那天之後，你過得好嗎？

「雪築，妳最近好嗎？」

沒想到是他先問了。「我很好，但是……」

你呢？

「但是什麼？」

「沒事，只是希望你也過得好。」

「別擔心，我已經平靜很多了。」他搖頭，「看見妳幸福，我也很高興。」

「咦？」他知道我和韋司宸的事？

像是明白我的疑惑，涂靖祐開口解釋：

「前幾天有去妳宿舍附近，就順道過去看看。那時候，我看見他載妳回來。怎麼說？雖然你們也沒做什麼，但氣氛看起來很好啊!所以，我沒猜錯吧？」

「大概吧！」見他疑惑，我又補充：「是你想的那樣沒錯，但我們還沒有明說。」

他蹙眉，「他沒問妳？」

「沒有。」

「他打算讓關係模糊不清嗎？」他的眉皺得更深。

明白對方是為我打抱不平，但我還是說：「他應該沒有這個意思，不過……」

會不會是還沒有想清楚？

我頓時變得不安。奇怪，我想說的明明不是這句話啊！

「應、應該是他覺得沒必要說？」我低頭。

「怎麼會沒必要？」

「像現在這樣也不錯。」我說服他，也安撫自己：「我沒有受到什麼委屈，不用擔心。」

他沉默，用平靜的目光注視我。他還是那麼溫柔，即使已經不在我身邊，也想捍衛我的幸福。

「但是……這份幸福，不是妳要來的，是因為他也愛妳。既然愛妳，他就必須對妳負責任。雪築，找時間問清楚吧！」

我沒有說話，涂靖祐這番話也有道理。韋司宸總是保留了大部分的自己，如果我要他為我改變，就勢必得做點什麼。

「謝謝你。」我只能這麼說。

謝謝你，即使你的未來和我相去甚遠，我也希望你能過得比我幸福。

謝謝你，涂靖祐。

02

後來幾天，我總是找不到時機問韋司宸。公司漸漸忙了，即使處在同一個辦公室，我也不想拿這個問題來煩他。

或許我還惶恐。惶恐著，這些日子會不會是一場夢。

「薔薇大哥，我去一下廁所。」

韋司宸從桌上那疊文件堆裡抬頭，低聲說：「……好。」

看他的樣子，應該也不明白我的煩惱吧？

我出了辦公室，腳步略顯沉重。不一會兒，我來到洗手間，發現從男廁走出來的人是阿毓。

「雪築！」他熱切呼喚。

我不習慣他的熱情，悄悄後退一步，「嗨。」

「是啊！總經理不在？」

「哈，我只是上個廁所，他總不會陪我來吧！」覺得他的疑惑很有趣，我笑出聲。

「不一定喔，妳跟總經理看起來很好。」他笑得比我更燦爛。

聽見這話，我忽然興起一個念頭。

「阿毓，你覺得……」我緩下語調，「我和總經理看起來像什麼關係？」

畢竟連我都不清楚彼此的身分，所以想聽聽其他人的看法。我們在別人眼裡，是什麼樣子呢？

「關係嗎？」他蹙眉，神情認真地答：「看起來像情侶，但應該不是吧！畢竟……」

我發現，自己竟在對方停頓那一秒時，感覺到前所未有的畏懼——

「畢竟，總經理有婚約了不是嗎？」

畏懼自己並不在他的未來裡。

他的過去，阻擋了我想前往的未來。

「什、什麼婚約？」

阿毓發現我看起來不太對勁，才說：「咦？妳不知道嗎？」

「我……」

「她的確不知道。」韋司宸的聲音從身後傳來，但這一次我不願回頭。

他一步步靠近，在阿毓面前，從身後緊緊抱住我逐漸冰冷的身軀。

那麼令人欲淚。

「對不起。」他將歉意深深埋進我髮間。

「……你不否認？」我的聲音輕顫。

這一刻，我曾以為的幸福，隨著他的誠實一點一滴地流失。

「對不起。」

他不否認。

他不否認……

在阿毓的注視之下，韋司宸將我整個人轉向他。觸見我眼角迸出的淚光時，他幾不可見地蹙了下眉。抓住我的手臂，他拉著我往辦公室走。

關上門，他放開手，留給我一個無語的背影。

「你……為什麼沒說？」

聽了，韋司宸側過臉來望著我。

「婚約。」我艱難地吐出這兩個字。

電扇吹起桌上的紙張，落在地面，發出細微的聲響。聲音不大，卻清晰可聞。他不說話，任由沉默將兩顆心包圍，然後，漸漸失了溫度。

「我會告訴妳，但——」

「但你一直都不肯主動說！」

忽然，我壓抑的情緒爆發了：

「你說愛我，卻又讓我從別人那裡知道你有婚約，你覺得這樣對得起我嗎？這麼重要的事情，為什麼不是你親自對我說？我不管你有什麼苦衷，都應該在別人說以前就先告訴我！除非……」

我停頓一下，露出哀傷的面容。

「除非，你根本不把我放在眼裡。」

韋司宸按住我肩膀，「妳知道不是那樣。」

「我知道？我知道什麼了？」我後退一步，遠離他的碰觸，「你什麼都不說，我怎麼會知道！」

「我愛妳。」他說。

「所以？」我的聲音清滄。

「我想和妳在一起。」

我木然注視他，「那，阿毓口中的婚約是怎麼回事？」
他深蹙眉宇，雙瞳緊扣哀傷，「婚約……妳知道是什麼嗎？」
「是什麼？」
彷彿，我在他變得晦暗的容顏中，觸見了他一直都不願放下的過去。
這個過去，不是那麼輕鬆簡單。承載逝去的思念，只能眼睜睜地看著別人幸福，自己卻一點資格也沒有。
「冥婚。」他說。

03

這一刻，恐懼襲上喉間，我一句話也說不出來。
冥婚？
為什麼？
年紀輕輕，且前途一片光明的韋司宸……
為什麼要承受這些？
「是我前女友。」沒等我問，他自己先開口。
「她……」

「嗯，她已經去世了。」

未知的真相讓我迷惘，我想問清楚，卻又不曉得該問什麼。望著面色沉重的他，我只能說：

「你太愛她了，所以才這麼決定嗎？」

他搖頭。

「家人替你決定的？」

他再度否認，「他們根本不知道這件事。」

「那……」

「那是她父母的要求。」

我覺得自己就要失去力氣，「你答應了？」

「在遇見妳之前，我就已經答應了。」他清晰的字句，像是在提醒我們從來就沒有結局。

我再度後退，在他想過來抱我之前，以嚴肅的目光阻止他。

「我只想問你……」我直視韋司宸，「我，是不是你的女朋友？」

但是，他沒有回答。

我轉身離開，走沒幾步就被他拉住。他緊緊握住我的手，卻一句挽留也沒有。

「我要回去。」

裡。

「花蝴蝶？」

「我要回宿舍……」雙肩輕顫，我終究無法克制奪眶的淚。

彷彿正在壓抑什麼，他低聲回答：「……好。」

暫時放下工作，他開車載我回宿舍。一上樓，我不讓他有多說的機會，就直接躲進房間裡。既然他不敢回答那個問題，我也沒有必要再說什麼了。

但他又再度拉住我：「花蝴蝶，妳能靜下來聽我說？」

「連是不是女朋友都回答不出來了，我還要聽你說什麼？」

「對不起。」他靠近我，「但我不想再看妳離開。」

聽了，我轉頭看他，「你這樣太自私了！」

「對，我自私。」韋司宸深吸口氣，將我拉近他一步：「因為我很在乎妳。」

「我也在乎你啊！所以我才想問自己是不是你女朋友！這個問題，對你來說很困難嗎？」

「我——」

他拉住我，而我在瀕臨崩潰時，使盡力氣甩開他的手——

他的手撞在門上，手錶也應聲鬆脫。那一秒，我觸見怵目驚心的畫面。

「你……」我抓住他的手腕，「你的手怎麼了？」

一道又一道的烙紅痕跡，像是摧毀靈魂的證據。他的傷，不只存於心中，更真實呈現在我眼前；他不曾說的痛，不僅是他無法愛人的原因，也是將他整顆心囚禁的枷鎖。

「告訴我。」

韋司宸從被揭穿的難堪之中，抬眼望住我。

「告訴我，你的過去。」我向前擁住他，像是要將一縷脆弱的靈魂牢牢守護。

04

我望著他憂鬱的側臉，發覺自己是第一次看見這樣的韋司宸。他最不願讓人見到的那一面，竟是在這種情況下被我發現。我想再次擁住他的脆弱，卻又為他不承認我這件事感到痛苦。

薔薇大哥……

你也曾經為這段過去和我的存在，而感到痛苦吧？

「她是個任性的女人。」他忽然說。

韋司宸注視前方，彷彿回憶在他眼前浮現。

「但一開始，她也是個可愛的女人。像所有熱戀的情侶一樣，我們也有過甜蜜的時光。可後來幾年，她開始變了。」韋司宸嘆口氣，「或許是受到她父母影響吧！她的任性變本加厲，常常提出一些無理取鬧的要求。」

「你還忍受得了？」我問。

「不，我在交往第三年半和她提分手。」

「那她……」

「她以死相逼。」他的目光變得深沉。

我愣了一下，「她真的那麼做了？」

「沒有，她只是虛張聲勢，目的是要我回頭。」他繼續說：「我忍了下來，但已經不再愛她。後來兩年，她不斷把『自殺』掛在嘴邊，甚至受她父母慫恿，向我逼婚。」

「聽起來，她父母不是好人？」

「她父母覬覦我家的財產。」他搖搖頭，「覺得交往的日子久了，開始催婚。不過，我知道彼此的個性不合，動不動就說要尋死，我也無法接受。」

「那該怎麼辦？」

他攬住我。原是親密的動作，在此刻卻顯得沉重。

「我爸媽出國的那陣子，她來我家住，又狠狠吵了幾天架。最後我實在受不了，再度向她提分手。那一次，她的反應比以往激烈，還說如果我不娶，她就要自殺。」

「怎、怎麼會有這種女生……」我不禁蹙眉。

「很可怕吧？但，我真的忍不下去了，所以撇下她，讓自己在房間靜一靜。」他收緊環在我腰間的手，像是這段回憶已經說到他最恐懼的部分，「她在門外不停叫囂，甚至還說她現在就要去死。已經很多次了，我不信她真的會做出這種事。」

可是……

「可是……她真的自殺了。當我覺得不對勁的時候，已經來不及了。」那一秒，我感受到他的顫抖。

「那不是你的錯啊！」我激動地說。

「不，我本來可以救她的。」他搖頭，「我早就發現門外變得很安靜，卻等了很久才出去看她。如果我像以前一樣包容她，當下就出去安撫她，就不會——」

「那也是因為她的任性！是她自己要結束生命的！」

「但我的確希望她死。」他說。

我狠狠一怔，「什麼？」

他忽然笑了，笑得悲愴，「我覺得這女人很煩，要是可以消失有多好，所以我遲遲不出去看她。或許，我已經知道她自殺的事情了。」

內心的黑暗，讓他的痛苦更甚。曾經希望一個人徹底消失，那該有多可怖？

「都過去了。」我抱緊他，「早就過去了，你為什麼不放下？」

「曾在心裡殺死一個人，妳要我怎麼放下？」

我不能反駁半句，沉痛地抿著唇。

「妳看。」他放開我，舉起他右腕，讓我看清楚那幾道傷痕，「為了要體會她的痛苦，我也這麼做過。」

在我面前，他毫無保留地揭開自己的傷疤：「當刀從這裡割下，我卻感覺不到太多的疼痛……這是為什麼？」他撫摸那幾道痕跡，像是在檢視過去，「果然，真正的傷口還是在心裡吧？」

「薔薇大哥……」

「死，是什麼感覺？當她那麼做的時候，是不是還期待我會開門救她？然後，盯著那扇門，漸漸地流失生命。」

「薔薇大哥！」我喊著，向前用力抱住他，「不要再說了。」

「我早就不愛她了，為什麼還是……」

「不要再說了……」

還是會痛。

「花蝴蝶，我想和妳在一起。」他回抱，低啞地說：「但是，我怕自己又會傷害妳。現在不會，以後呢？如果我讓妳傷心了，妳是不是會像她一樣？或者，我們深愛對方，最後還是發現彼此不適合，那該怎麼辦？」

「你真的想和我在一起？」

聽了，他深深望進我眼底。像是飄泊，又像是迷惑。

「想。但，我無法忘記過去。」

我捧住他的臉，以柔和的目光注視。在他難得徬徨的面容上，我看見了改變的契機。他愛我，也想走向未來，卻始終停留在過去。

站起身，我打開書桌抽屜，一把精緻的折疊刀放在那裡。

——不用傷痛來提醒他的傷痛，他是不會覺醒的。

「妳怎麼會有那把刀？」他一驚，看著我把它拿到他面前。

「你爸給我的。我沒猜錯的話，這把刀應該是——」

他接過蝴蝶刀，神色複雜，「是她自盡的刀，同時我拿它傷害過自己。」

「薔薇大哥……」我拿回那把刀，亮出刀片。

韋司宸嚇了一跳，焦急阻止：「妳要做什麼？」

「如果我也在手上割出幾道痕跡，是不是就能了解你的痛苦？」

「花——」

「不過，你放心。」我把刀收好，以輕淺的笑面對他，「我不是你的前女友，我沒有那麼脆弱。」

他怔了一下，似乎明白了我的意思。

「你不用擔心傷害我，那本來就是相愛的人可能承受的痛苦。就算你以後真的又讓我傷心了，我也不會做出跟她一樣的事。這樣說還不夠的話，我們……」

「我們，改天去哪裡走走吧？」我說。

他枯槁的瞳孔亮起一瞬光澤。

「我們去約會吧！薔薇大哥。」總要試著跨出那一步。我們才能明白，彼此到底有沒有幸福的可能。

05

「這裡是……」

下了車，我望向那座高聳的深藍色建築。

「妳沒來過嗎？」關上車門，韋司宸隨意地拉了一下休閒衣的領口，「水族館。」

我出神凝望。如海般夢幻的藍，經過陽光的折射更顯奪目。

「沒有。」

聽了，他笑著摸摸我的頭，「妳應該會喜歡。」

我勾起笑，上前抱住他的手臂，「走吧！」

即使隨著人潮進入水族館，我們還是在其中成了注目焦點。我想，韋司宸還是太顯眼了吧！站在他旁邊，難免會覺得不自在。

他注意到我的異常，忽然挨近。

「咦？」我一愣。

「花蝴蝶，看我就好。」

「什麼？」

「我說，妳只需要看著我就好。」

明白他的意思，我別過頭，「那樣……」

那樣也不會比較不緊張啊！薔薇大哥。

是第一次來，我像個小孩一樣，對任何東西都抱持好奇心。水藍的世界好美，在其中優游的海底生物更美。我就這麼望著，感覺這一片藍光奪去自己的視線。

我將掌心貼在玻璃上，轉頭說：「薔薇大哥，你看！這隻魚好可愛。」

「什麼？」他似乎沒在聽我說話，好一陣子才轉向我。

我疑惑地望去，一對看似情侶的男女正站在不遠處聊天。我不覺得有什麼特別，直到發現那個女生的肚子微微隆起，這才回望韋司宸。

「他們……」他忽然開口：「看起來很幸福。」

「嗯！」

他笑著看我，「能照自己的意念組成家庭，不就是最幸福的事嗎？」

「你也能啊！」我說。

他靠近我，斂下深沉的眸，「我能？」

「那個婚約……不是你想要的，對吧？」

「當然不是。」

「為什麼不照著心裡所想的去做？」

「我想。但我說過，我無法忘記過去。」他輕碰我的臉。

「我沒有要你忘記。」

他一愣，「所有人都叫我忘記，為什麼只有妳不是？」

「你是不是想過要忘記過去？」我反問他。

「對。」他承認，「愛妳，我很幸福，但我怕終究不能掩蓋過去的傷痛。如果是那樣，我便無法心無旁騖地愛妳。這樣的我，還有妳，都太痛苦了。」

「但是，我很幸福啊！」我溫柔告訴他：「那個喜歡韋司宸的我，真的很幸福。所以我希望你相信，不管經歷多少痛苦，我們都能堅強走過。不能掩蓋又如何？你還是在我身邊啊！」

他凝視我，迷惘的目光漸漸變得溫柔。

我背過身來，往前走了幾步。這時候，我忽然有一種感覺。

走得再遠，他都會在身邊。

「還有，你不能用幸福來遺忘痛苦，那只是白費力氣。」

「那，妳覺得我該怎麼做？」他的聲音在身後響起。

「要用過去的痛苦，記住現在的幸福。」

沒料到我會這麼說，他怔了一會兒，才說：「那，如果我記不住呢？」

「你幸福嗎？」

「嗯？」

「薔薇大哥，你現在幸福嗎？」我認真問。

他深深望著我，像是在藉由我的身影來判斷這個問題。

「我……」

「媽媽！」有個孩子在不遠處大喊。

我轉頭，看見一個小女孩正興奮地指著我和韋司宸。

「怎麼了？」婦人奇怪地問。

「妳看，那個哥哥很帥！」

婦人慌忙說：「別那樣指，對哥哥很不禮貌！」

「媽，那個姊姊也很漂亮啊！他們很配。」站在婦人身後的小男孩也說。

聽了，我露出甜蜜的微笑。

我轉頭，正想問韋司宸看見了沒有，他便已出聲：「幸福。」

「唔？」

「花蝴蝶……」他在溫柔的氛圍中挨近我，「或許我根本就不用刻意記住，因為我很幸福。」

那一刻，他抵住玻璃，深深吻住靠著魚箱的我。我在他眼底觸見了溫柔的藍光，四周的魚兒也彷彿為我們起舞，彼此才終於懂得幸福。

06

天氣漸漸炎熱，我坐在韋司宸的辦公室，很慵懶地趴在桌上。我望了一眼埋首於工作的韋司宸，欣賞他認真的樣子。認真的男人真的很帥！我得把他顧好才行，辦公室外狼女環伺啊。

「花蝴蝶，妳在偷懶嗎？」

我笑了一下，「反正也沒什麼事啊！」

「沒事？」他拿出一疊文件，壓在我桌上，「這些拿去。」

「咦？」我不滿，「我剛剛才幫你看完一份耶！」

「妳以為我做的事情有這麼簡單？」

「是、是沒有那樣想過啦……」我咕噥，認命地翻開文件。

「呵。」他站起身，走到我旁邊，「妳慢慢看。」

「你要去哪裡？」

聽了，他折回來，輕啄我的臉龐。「找我爸。」

我的心跳漏了幾拍，回神時他已經走出辦公室。真是的，怎麼老是從容地做出讓我臉紅的事呢？

坐在桌前，我開始翻閱文件。才看了幾個字，就覺得眼睛有點痠。想了想，還是先出去上個廁所好了。

出了門，走沒幾步，我看見有兩個熟悉的身影站在那裡。

是韋司宸和阿毓。他們沒發現我，似乎在談什麼事。

我下意識躲在一旁。

韋司宸銳利地望著他，「你為什麼會知道婚約的事？」

「喔……」他停頓了一下，開朗的面容此時卻浮現一絲狹笑，「我和她是高中同學。那個在你眼裡一直纏著她的，林博毓。」

阿毓沒有說「她」是誰，我卻能明白那就是韋司宸去世的前女友。

「你是林博毓？」韋司宸的表情略為震驚，「但你的名字……」

「我改過名。」他不以為然，「那不是重點。反正，你應該知道我很喜歡她，而且我也跟她的家人關係很好。」

「所以，你把這件事告訴雪築？」

「那又如何？」

「你會傷了她。而且，你不是對雪築有好感？」

阿毓輕笑，「真正傷了雪築的，是總經理才對。至於好感……老實說，我沒想過要追她，一切只是為了要讓你痛苦。」

我一聽，驚愕地睜大眼。

所以，阿毓那些引人誤會的舉動，只是為了要破壞韋司宸和我之間的關係嗎？

韋司宸沒接話，但深沉雙眸透露了他的憤怒。

「再怎麼樣，你也不該把她牽扯進來。」

「現在倒是會保護人了？那她呢？當初她自殺時，怎麼沒看你保護好自己的女朋友？」

阿毓的神情挑釁，「總經理，愈是想要保護一個人，就愈容易傷害對方啊！雪築一定也受了很重的傷吧？你又要怎麼安撫她？」

韋司宸的神色像是回到了過去。我想將這個男人從深淵裡拯救，卻不曉得該怎麼做。

我往前走，想替他分擔些什麼，沉默已久的韋司宸卻在此時出聲：

「我會繼續愛她。」

我止住腳步。

「我會用盡一生的力氣，好好愛花雪築。」

「難道你要讓她接受冥婚的事實？」阿毓的表情變了。

「不管怎樣，我都會想辦法解決。而且，我也很感謝你。因為這件事情，才讓我終於有勇氣去面對。正如你所說的，是我傷了雪築沒有錯，但……」

韋司宸停頓一下，露出真切的笑：

「能讓她痊癒的也只有我而已，不是嗎？」

「你……」

「對了。」韋司宸在離開之前，對阿毓輕笑，「雖然你覺得自己成功地讓我痛苦，但是，最痛苦的還是你吧？畢竟，你充其量也只是一個，即使在她死前都不會被想起的角色。」

那段對話，我只聽到這裡。在阿毓的臉色變了的那一刻，我轉身奔回辦公室。按著胸口，我還無法適應洶湧的心跳。

韋司宸，變得勇敢了。

07

「終於完成了！」

我吐了口長氣，滿意地望著最後一道菜。身後傳來腳步聲，我回頭，見韋司宸一臉詫異。

「花蝴蝶，妳廚藝這麼好？」他望向餐桌。

「我爸是廚師嘛！」我笑，「薔薇大哥，我已經差不多弄好，你可以開始吃了。」

「是嗎？」

韋司宸走近，從身後抱住我。他斂下眸，溫柔的耳語化作輕吻，落在我泛紅的頰上：

「有個會下廚的女朋友，真幸福。」

我一愣，難為情地催促：「我、我們快去客廳吃啦！」

他從容一笑，轉身替我將菜端到客廳。

「像這樣的生活，真的很不錯。」

「什麼生活？」

他看我，「妳住在我隔壁，每天一起上班、下班、吃晚飯，只差沒有一起睡而已。」

聽了這話，我的臉迅速竄紅。別過頭，我佯裝不在意地扯開話題：

「難道都不打算回家住嗎？」

他停頓一下，「我不想回去。」

「你……不想回到那裡吧？」前女友逝去的地方。

「雖然那個小客廳已經沒在用了，但我還是會想起那段回憶。」

「為什麼不搬家？」

「有很多原因。總之，我們也沒想過要搬。」他嘆氣，「原本我也打算回家住，但我覺得自己還沒有準備好。」

我靠過去，又聞到他身上的薔薇香，一個深藏已久的疑惑自腦海浮現。

「薔薇大哥……」我抬頭，「你為什麼要用薔薇香水？」

「那是她愛用的香水。」

「咦？」我愣住。

那句話，變成一根刺。原來我眷戀的香味，是另一個女孩的記號。

「她自殺那一天，打翻她放在桌上的薔薇香水。」沒注意到我的表情，他繼續說：「香水瓶破了，香水灑了滿地。我要救她時，那股香味撲鼻而來，感覺比血還濃郁。從那天之後，只要我聞到薔薇香就會想起她。」

「奇怪，你不回家住是因為怕想起她，那為什麼又要無時無刻擦那瓶香水？」

他頹然一笑，「唉，我很矛盾吧？」

或許他真的永遠都不能擺脫這種傷痛，但我覺得……

「薔薇大哥，我們可以創造新的回憶。吶，我希望你能想起我。」

「想起妳？」他一愣。

「從今以後，我希望你第一個想起的是喊你薔薇大哥的花雪築。」我認真地說：「我們不能改變過去，但可以創造新的回憶。如果有一天，薔薇香水讓你想起我的次數多過她時，你就不會那麼痛苦了。」

痛苦與幸福，永遠都並存，只看自己選擇的是哪一個。

良久。

「……好。」在沉靜的氛圍裡，他這麼說。

「好了，我們快吃吧！菜都要涼了。」

「那麼，我要開動了。」他的聲音忽然低沉。

我回眸，觸見他挨近的瞬息。他勾起我的下顎，深深地吻我。

「唔……」我不小心發出聲音。

韋司宸停住動作。我以為他要放過我，但他竟然又吻了上來，順勢將我壓倒在沙發上。

我睜大眼，望見他眼底的炙熱。他用唇輕觸我右頸的肌膚。我縮了一下，臉上莫名地燒起來。

「花蝴蝶……」

「什、什麼？」

「妳啊，別說出那麼可愛的話。我是個二十五歲的成熟男人，要好好珍惜妳，還是需要花很大的力氣，知道嗎？」

我、我不想知道你在說什麼啦！

我飛快地坐起身，躲避他的視線。耳邊傳來笑聲，我想轉頭瞪他，卻發現他已經拿起筷子夾了其中一道菜。

「那已經涼了吧？我再拿回廚房熱一下——」

「很好吃。」他說。

我呆呆地望著他。

他舔了一下唇，慵懶地瞇起瞳，「以後只能做給我吃，就像……」

就像……

「就像我以後只會想起妳。只想起妳，花蝴蝶。」

只想起我。

然後，我們就能一起創造新的回憶了。

08

那座教堂佇立在青翠的草地上。

聽說，很多校友都會來這裡拍婚紗，帶著共有的記憶回到最初相識的地方，與身邊的人一起走入婚姻……

那肯定很幸福吧！

韋司宸牽著我的手，和我一起走過這片草地。

在那之後，韋司宸終於擺脫了糾纏他數年的婚約。原因是，阿毓還深愛著那個逝去的女孩，主動提出要代替他冥婚。我雖然不喜歡他，但也為他的深情感動。或許，就是因為那份愛太深了，他才會試圖拆散我們，讓韋司宸得到他自以為的教訓吧？

還好，他的計畫並沒有成功。還好，我們還在彼此身邊。

韋司宸也放下了，他包了很多禮金給他們。

希望那個女孩也能釋懷。

韋司宸帶我走進教堂，我幻想自己也穿著白紗，和那些女人一樣露出羞澀的笑。

但是，未來還是太遙遠了。

收回悠遠的思緒，我望向站在我身邊的他。只有這個他，我不必遙想未來，也能觸碰得到。

「這裡很漂亮。」

「畢竟要能讓人感受到幸福嘛！」我說。

「那，妳覺得幸福嗎？」

「幸福啊！」

水晶燈的爛漫光影下，我囑託般地告訴韋司宸這句話。聽了，他正視前方，就像那裡真的站了一位牧師。

「花雪築，妳是否願意嫁給韋司宸，愛他、安慰他、尊重他、保護他，不論他生病或健康、富有或貧窮，始終忠於他，直到離開世界？」

我一愣，對上他極其溫柔的目光。那一刻，我才明白他是在用這種方式描繪我們的幸福。

「我願意！」我笑著挽住他，「不過，一般來說，應該是先問男生才對吧？」

「一般來說，也要有牧師才對。」他順著我的話，從容應對。

「哈！原來是個不完整的婚禮。」

「妳又還沒畢業，我怎麼敢娶。」

「為什麼不敢？」

「妳爸會殺了我的。」

我們走出教堂，我在一片草地的中央爛漫回身，「對了，薔薇大哥，我還想問你幾個問題。」

「原來我們之間還有問題沒解決？」

「當然。」我凝睞他，「不好好說清楚的話，怎麼知道你會不會再犯？」

「啊，現在倒是會教訓我了。」

「這是女朋友的權利！」

他沒轍地笑了笑，「好，請問。」

我輕輕地向前一步，「在我面前，你不會再偽裝自己？」

「不會了。」

「也不會再活在過去？」

「不會。」

「不管遇到什麼事，你都會勇敢？」

「會。」

「那，你會永遠愛我嗎？」

他挨近我，以溫柔的笑意回答，「每一個當下，我都會好好愛妳。」

那是我最想聽見的答案。

無法預測的未來，就用當下去珍惜。

「妳問這麼多，總該輪到我問妳了？」

「你問啊！」我笑。

「剛剛在教堂問妳的事情，妳是真的願意？」

我愣住，直到觸見屏息的目光，才發現他原來是認真的。

幾個月前，我曾問過他愛不愛我。那時候他還不敢回答，當時的痛苦我也還記得。直到現在，我也不能保證未來他會不會再次退縮。

但我寧願相信。

這一刻，如果他能牽著我的手，那我相信未來他也會牽著我走。即使還沒走到終點，我們也已經活在那個幸福的當下了。

「如果你願意遵守諾言，我就……」

韋司宸從口袋拿出一枚蝴蝶造型的戒指，將我深深套牢。在我驚訝的注視之下，讓我溫柔地埋入他胸懷。

「我就當妳答應了。」

【全文完】

後記

嗨嗨，我是凝微！（柴郡貓式咧嘴笑）

能把這本書呈現給你們，我真的有很多很多的感動。不過，我想先聊聊一些以前的事。

這不是我第一本出書作品，卻是個對我來說有著重大意義的作品。

兩年前，我開始在文學平台上連載《薔薇鄰人》這個故事，並採用日更的方式進行。就算再忙，我還是會在下課後窩回宿舍打出三千字左右的文量，默默地在一個冷清的小地方耕耘自己的寫作文地。

後來，這個故事不知道為什麼開始有人關注了，當時我雖然是個在國中時出過書的小作者，但像這樣受到許多讀者關注還是第一次！（我好興奮啊我好興奮啊）

當愈來愈多人喜歡這個故事，甚至它有一陣子占據了該網站所有排行榜的第一名時，我真的爆炸開心啦啦啦（開始哈林搖）！也因為《薔薇》這個故事，我認識了很多作家朋友和讀者朋友，也收到很多來自他們的感想和鼓勵，每一則訊息都讓我感動，每一次的等候也都讓我更有動力去完成這個故事。

過了一個多月，我終於把故事寫完了。在這個時候，我也接到了出版的消息（尖、叫、聲），當時我寫作的進度是超前的，連載還沒有結束，所以出版社希望我能停止連載，方便在幾個月後能出版這本書。嘿嘿，那時所有人都很替我開心！我也是，經過了這麼多年了終於能有下一本作品問世，誰都能想像我到底有多高興！

不過呢……我沒料到的是後來這個計畫中斷了。其實當時我滿沮喪的，再加上我開始配合學校實習，幾乎沒有什麼時間去寫作。那段時間，我不僅沒辦法寫新作，也沒辦法讓這個故事重見天日，更因為沒有穩定更新而失去了一些讀者。

在這裡，我想對你們說，我一直對大家感到很抱歉。說好的薔薇大哥沒辦法如期送到你們手裡（哭），更糟的是當時我不確定這個故事到底有沒有辦法再次步入出版計畫，有沒有辦法實現當初給喜歡《薔薇》讀者的承諾。

啊啊，說了這麼多，其實我就是想感謝秀威出版社，還有盡力地支持我的編輯齊安！因為他們，我才有辦法從原來的地方把這個故事帶來這裡，給它重生的機會，讓讀者可以認識韋司宸和花雪築，認識一個跟多年前不一樣的，全新的凝微。也很感謝一路支持我的讀者，你們都是我可愛的小微光！（羞）

很多人說過，我故事中一個滿明顯的特色就是「浪漫」。雖然我不知道現在的自己有沒有辦法讓每個人都這麼覺得，不過，要是你們看完之後，能在心裡感受到一點點溫柔，那就是我最大的幸福了。

最後，希望你們會喜歡這個有一點點小現實的故事。我知道男女主角美得不像現實，但他們之間的糾葛的確是你我都有可能會碰到的課題。人不完美，愛情也不可能完美，所以，只求我們都能無愧於心。

永遠都不要失去身為人類應有的溫柔。（笑）

凝微

凝微粉絲團：https://www.facebook.com/ningwei0510/

要青春10　PG1673

要有光
FIAT LUX

薔薇鄰人

作　　者　凝　微
責任編輯　喬齊安
圖文排版　周妤靜
封面設計　苡汨媜

出版策劃　要有光
製作發行　秀威資訊科技股份有限公司
114 台北市內湖區瑞光路76巷65號1樓
電話：+886-2-2796-3638　傳真：+886-2-2796-1377
服務信箱：service@showwe.com.tw
http://www.showwe.com.tw
郵政劃撥　19563868　戶名：秀威資訊科技股份有限公司
展售門市　國家書店【松江門市】
104 台北市中山區松江路209號1樓
電話：+886-2-2518-0207　傳真：+886-2-2518-0778
網路訂購　秀威網路書店：http://www.bodbooks.com.tw
國家網路書店：http://www.govbooks.com.tw
法律顧問　毛國樑　律師
總 經 銷　易可數位行銷股份有限公司
地址：231新北市新店區寶橋路235巷6弄3號5樓
電話：+886-2-8911-0825　傳真：+886-2-8911-0801
e-mail：book-info@ecorebooks.com
易可部落格：http://ecorebooks.pixnet.net/blog

出版日期　2016年11月　BOD一版
定　　價　280元

Printed in Taiwan

國家圖書館出版品預行編目

薔薇鄰人 / 凝微著. -- 一版. -- 臺北市 : 要有光, 2016.11
面； 公分. -- (要青春 ; 10)
BOD版
ISBN 978-986-93567-1-8(平裝)

857.7 105016875

讀者回函卡

感謝您購買本書，為提升服務品質，請填妥以下資料，將讀者回函卡直接寄回或傳真本公司，收到您的寶貴意見後，我們會收藏記錄及檢討，謝謝！

如您需要了解本公司最新出版書目、購書優惠或企劃活動，歡迎您上網查詢或下載相關資料：http:// www.showwe.com.tw

您購買的書名：______________________________

出生日期：________年________月________日

學歷：□高中（含）以下　□大專　□研究所（含）以上

職業：□製造業　□金融業　□資訊業　□軍警　□傳播業　□自由業

□服務業　□公務員　□教職　□學生　□家管　□其它_____

購書地點：□網路書店　□實體書店　□書展　□郵購　□贈閱　□其他

您從何得知本書的消息？

□網路書店　□實體書店　□網路搜尋　□電子報　□書訊　□雜誌

□傳播媒體　□親友推薦　□網站推薦　□部落格　□其他__________

您對本書的評價：（請填代號　1.非常滿意　2.滿意　3.尚可　4.再改進）

封面設計____　版面編排____　內容____　文／譯筆____　價格____

讀完書後您覺得：

□很有收穫　□有收穫　□收穫不多　□沒收穫

對我們的建議：______________________________

____

____

____

請貼
郵票

11466
台北市內湖區瑞光路 76 巷 65 號 1 樓
秀威資訊科技股份有限公司 收
BOD 數位出版事業部

（請沿線對折寄回，謝謝！）

姓　　名：__________ 年齡：______ 性別：□女　□男

郵遞區號：□□□□□

地　　址：__________

聯絡電話：(日) __________ (夜) __________

E-mail：__________